KB000428

귀여움을 뚫고 나온 친구들

귀여움을 뚫고 나온 친구들

1판 1쇄 찍음 2023년 8월 10일
1판 1쇄 펴냄 2023년 8월 25일

지은이 황정삼

주간 김현숙 | **편집** 김주희, 이나연
디자인 이현정, 전미혜
영업·제작 백국현 | **관리** 오유나

펴낸곳 궁리출판 | **펴낸이** 이갑수

등록 1999년 3월 29일 제300-2004-162호
주소 10881 경기도 파주시 회동길 325-12
전화 031-955-9818 | **팩스** 031-955-9848
홈페이지 www.kungree.com
전자우편 kungree@kungree.com
페이스북 /kungreepress | **트위터** @kungreepress
인스타그램 /kungree_press

ⓒ 황정삼, 2023.

ISBN 978-89-5820-848-8   03810

귀여움을 뚫고 나온 친구들

수의사가 바라본 동물 캐릭터의 세계

황정삼 지음

궁리
KungRee

프롤로그

오래전부터 동물은 인간에게 영감을 주는 존재였다. 단군 신화부터 각종 문학 작품에는 아주 많은 동물이 등장한다. 보통 그 동물들의 성격은 평소 동물들이 보여주는 행동이나 외형을 바탕으로 정해지는데, 이를테면 사람을 잘 따르는 강아지는 충직한 성격을 가진 존재로, 재빠른 행동으로 사냥하는 고양이는 교활한 성격을 가진 존재로, 날지 못하는 닭은 어리석은 존재로, 우아하게 보이는 백조는 성스러운 존재로 등장하는 식이다. 하지만 이는 인간이 그 동물의 한 단면만 보고 추측한 것일 뿐 실제 동물들의 행동이나 성격과는 괴리가 있는 경우가 대부분이다.

그렇다고 내가 수의사라고 해서 이 모든 동물을 제대로 이해했느냐고 한다면 아니었다. 주변에서 강아지 고양이가 아닌 동물에 대해 질문할 때면 나는 거의 대답할 수 없었다. 그래서 이참에 다양한 동물에 관심을 가져보자는 취지로 공부하기 시작했고, 여기에 어느 정도 강제성을 가지려고 블로그에 관련 정보를 올렸다. 공부도 하면서 블로그 방문자 수도 늘릴 수 있으니 일석이조라고 생각하고 한동안 열심히 꾸려나갔다. 결과는 어땠을까? 사람들의 질문에 대답은 할 수 있었지만, 블로그는 조용했다. 나는 금세 열정이 식었다.

다시 글을 쓰기 시작한 건 그로부터 한참 뒤였다. 이번에는 동물에 대한 지식과 더불어 수의학 공부를 한 내용을 블로그에 올렸지만 역시 반응은 없었다. 방문자 즉 소비자의 입장에서 생각했을 때 내 블로그가 외면받는 건 당연했다. 당장 나보다 실력 좋고 유명한 수의사는 아주 많았다. 나보다는 그분들의 콘텐츠를 보는 것이 훨씬 더 도움이 되었다. 나는 내 블로그를 알릴 방법을 궁리했고, 다른 선생님들과 차별화되는 콘텐츠가 필요하다는 결론을 내렸다. 그러나 그 콘텐츠가 무엇인지에 대한 답은 여전히 떠오르지 않았다.

그즈음 굉장히 유행하던 캐릭터가 하나 있었다. 바로 카

카오프렌즈의 '춘식이'였다. 마침 이모티콘을 사서 애용하고 있었고, "얘는 춘식이고 나는 삼식이다." 하고 친구들에게 장난을 치기도 했다. 그러다가 문득 수의사의 눈으로 이 친구를 분석하면 좋을 것 같다는 생각이 들었다. 현실주의자인 동생에게 이 콘텐츠에 대한 의견을 구했고 괜찮은 아이디어라는 답을 들었다.

그때부터 나는 오리너구리와 비숑 프리제 이모티콘의 대표주자인 '오구'와 '세숑', 네이버웹툰 〈좀비가 되어버린 나의 딸〉에서 주인공보다 더 인기 있는 고양이 '김애용', EBS 〈자이언트 펭TV〉의 '펭수', 〈딩대(딩동댕 대학교)〉의 '낄희'와 '빙철' 등 사람들의 사랑을 받는 캐릭터를 분석했다. 그뿐 아니라 기업과 지자체의 마스코트, 동화와 밈meme에 나오는 동물들도 살펴보기 시작했다.

물론 힘들지 않았던 건 아니다. 단서가 되는 자료가 너무 적었고, 특징이 적은 캐릭터의 경우 분석 자체가 힘든 경우도 많았다. 또 내가 분석한 동물 캐릭터와 그 캐릭터를 만든 작가가 의도한 동물과 전혀 달라 전면 수정한 일도 있었다.

그래도 나름대로 열심히 쓴 글을 본 독자들은 재미있다, 신기하다는 응원 글을 남겼고, 분석하면 좋을 캐릭터도 추천

해주었다. 블로그 반응도 달라지기 시작했다. 처음에는 하루에 30여 명이 보다가 어느 순간 300여 명, 많게는 500여 명이 내 글을 봤다. 칭찬은 수의사를 춤추게 했고 덕분에 더 많은 캐릭터를 분석할 수 있었다. 또 캐릭터를 통해 해당 동물에 대한 이해가 조금씩 깊어졌다. 다만 이것은 어디까지나 수의사의 관점에서 내가 알고 있는 지식과 약간의 상상력을 겸한 분석이니 가볍게 그리고 재미있게 읽어주시기를 바란다.

차례

프롤로그   005

 귀여움을 뚫고 나온 동물들

몸은 크지만 마음은 언제까지나 작은 존재를 향해, 펭수   017

거인증에 걸렸던 황제펭귄? | 펭귄 나이 열 살이면 중년이다 | 수분 보충은 바닷물로도 충분해 | 남극에서 인천 앞바다는 불가능한 거리가 아니다

하이브리드종 부엉이의 탄생, 빙철   023

출신은 중요하지 않아 | 내가 뒤에 앉는 건 원시 때문이야 | 없어서 못 먹는 쥐고기

부드러운 카리스마가 동물로 태어난다면, 낄희   028

아시아코끼리 홍수 속 흔하지 않은 아프리카코끼리 │ 교수님, 보기보다 술이 약하시네요? │ 코가 짧지 가방끈이 짧은 건 아냐 │ 내가 앞에 앉는 건 근시 때문이야

비송 프리제 이모티콘의 대표주자, 세송   033

비만주의보 발령! │ 자나 깨나 슬개골 탈구 조심 │ 빗질은 계속되어야 한다 │ 세송, 분리불안은 없어 보이송

오리 아니고 오리너구리, 오구   038

피부에서 나오는 모유 │ 대소변을 한 곳으로 본다고? │ 까불면 뒷발가락을 날릴 거야 │ 소식가의 면모 │ 호주에서 건너온 조상님들

주인공보다 더 각인된 고양이, 김애용   044

코리안 쇼트헤어 치즈태비의 매력 │ 김애용 씨, 마늘 엑기스는 절대 안 됩니다 │ 치킨은 만성신부전을 일으켜요 │ 상추 한 장으로 변비가 나아진다면

눈물이 차올라서 고갤 들어, Sad cat   050

이 고양이가 우는 이유① 유루증 │ 이 고양이가 우는 이유② 안검내반증 │ 이 고양이가 우는 이유③ 알레르기와 이물질 │ 이 고양이가 우는 이유④ 헤르페스바이러스 감염

전 세계에서 가장 유명한 곰, 푸   056

노란색 털을 가진 곰은 실제로 있을까? ｜ 미련하고 둔하다는 오해는 이제 그만 ｜ 개코가 아니라 곰코

루돌프 순록코는 매우 반짝이는 코   061

툰드라의 추위에도 거뜬한 코 ｜ 코가 너무 빛나 당한 따돌림 ｜ 수컷일까 암컷일까?

수의사가 되고 나서 본 어린 왕자   065

보아뱀은 정말 코끼리를 삼킬 수 있을까? ｜ 어린왕자를 보내버린 뱀은 어떤 뱀일까? ｜ 사막여우가 광견병일 수 있다고? ｜ 길들이긴 쉽지만 기를 수는 없어 슬픈 동물 ｜ 알제리의 사막여우들

다시 쓰는 미운 아기 오리의 엔딩   073

시나리오① 조금 비극적인 결말 ｜ 시나리오② 조금 훈훈한 결말 ｜ 시나리오③ 조금 속 시원한 결말

이 시대 노동자를 대변하는 개, 파트라슈   079

원래는 아키타견이 아니다 ｜ 귀를 보면 노동의 역사를 알 수 있다 ｜ 천수를 누릴 동안 일만 한 존재

캐릭터 속 멸종 위기 동물들에게   084

NFT로 이들을 도울 수 있다면   090

 기억에서 벗어나지 않는 동물들

동물원에 간 수의사, 한국 편   099

동물원에 간 수의사, 싱가포르 편   104

지구에 소와 돼지와 닭만 남는다면   107

장마와 길고양이   112

몇 달 동안 앞발을 쓰고 다닌 초롱이   116

한쪽 다리보다 값진 사랑을 받은 치즈   121

길고양이가 된 집고양이 하비   125

동물과 환경을 위한 소식   128

3부   내 삶을 비집고 들어온 동물들

성적 맞춰 들어간 게 잘못인가요?   133

똥오줌으로 범벅될 결심   137

수의사의 상처, 신체 편   140

수의사의 상처, 마음 편   143

내가 동물을 키우지 않는 이유   146

희미하고 희미한 워라밸   150

에필로그   153
참고문헌   157

1부

귀여움을 뚫고 나온 동물들

몸은 크지만 마음은 언제까지나 작은 존재를 향해, 펭수

© EBS

2019년, 저 멀리 남극에서 인천 앞바다로 들어온 펭귄이 있다. EBS 연습생으로 지금까지 큰 인기를 끌고 있는 '펭수'다. 펭귄이 맞나 싶을 정도로 엄청나게 큰 몸집에 성체인데도 지나치게 짧은 부리, 심지어 성별도 불분명하다고 한다. 펭수는 EBS 사장도 친구처럼 대하는 친화력, 거침없고 솔직하게 쏟아내는 말, 중독성 있는 외모 덕에 현재 수백만 명의 구독자를 거느린 거대한 캐릭터로 자리 잡았다. 수의학의 관점에서 펭수는 어떤 특징이 있을지 살펴보자.

거인증에 걸렸던 황제펭귄?

펭수의 종은 황제펭귄이다. 황제펭귄은 지구상에서 가장 큰 펭귄으로 평균 키가 1.2미터, 무게는 30킬로그램이다. 몸에는 가로세로 2.5센치미터의 깃털이 빽빽하게 나 있어 남극의 혹독한 추위를 잘 버틸 수 있다. 펭수의 머리는 검은색, 날개는 회색, 복부는 흰색으로 새끼 황제펭귄과 비슷한 외형을 가졌다. 하지만 키가 무려 2.1미터라 처음에는 멸종한 고대 펭귄이 아닌가 의심하기도 했다. 이 고대 펭귄은 'P. Klekowskii'라는 종이며 1.7미터 이상 자랄 수 있던 펭귄이다.[1] 하지만 이 고대 펭귄은 주로 남반구의 뉴질랜드와 호주 남아프리카 등지에서 살았고 황제펭귄만큼 털의 밀도가 높지 않았다고 한다. 털의 밀도가 낮으면 추운 지역에서 살기에 적합하지 않기 때문에 남극에서 왔다는 펭수와는 거리가 멀어 보인다.

이제 가능성이 있는 것은 펭수가 과거 거인증에 걸렸다고 가정하는 경우다. 거인증은 성장호르몬이 과도하게 나와 키가 비정상적으로 크게 자라는 질병이다. 명확하지 않은 요인에 의해 뇌하수체 종양이 생겨 성장호르몬이 과하게 나오는

데, 이때 성장판이 닫히지 않은 상태로 성장호르몬이 나온다면 거인증, 성장판이 닫힌 상태로 성장호르몬이 나온다면 말단비대증이 된다.

펭수가 거인증일 수도 있었을 거라고 생각하는 이유는 다른 펭귄들에 비해 키뿐 아니라 발도 매우 크기 때문이다. 이족보행 적응의 결과라고 보기에는 너무 비대한 발. 나는 이 발 역시 과도한 성장호르몬의 분비로 인해 생긴 말단비대증이라고 생각한다. (거인증의 증상 중 하나가 손과 발이 커지는 것이다.) 다행히 지금은 키가 자라지 않는 것처럼 보이는데, 만약 계속해서 문제가 있었다면 방사선 치료를 받아야 했을 수도 있다.

펭귄 나이 열 살이면 중년이다

프로필에 나온 펭수의 나이는 열 살이다. 황제펭귄의 수명은 20년 남짓, 사람으로 가정하면 50대 정도이다. 강아지나 고양이로 치면 노령으로 접어드는 나이인 셈이다. (참고로 강아지가 열 살일 때 사람 나이로 환산하면 소형견은 59세, 대형견은 77세 정도다. 고양이가 열 살일 때는 56세 정도가 된다.) 실제로 〈자이언트 펭TV〉의 한 에피소드에서는 펭수가 국밥과 『삼국지』를 좋아하고 영양제를 꼼꼼히 챙겨 먹는 면모를 보였다. 이렇듯 사람 나이로 치면 중장년층에 접어들었지만, 펭수는 유아부터 노년층까지 모든 연령대와 어울리기 위해 노력하고 있다.

수분 보충은 바닷물로도 충분해

펭수는 남극에서 인천까지 엄청난 거리를 헤엄쳐 왔다. 그 원동력은 바로 담수를 마시지 않아도 생존할 수 있는 펭귄의 안와상샘Supraorbital gland 덕분이다. 안와상샘은 펭귄을 비롯해 갈매기 같은 해양 조류에게 있는 독특한

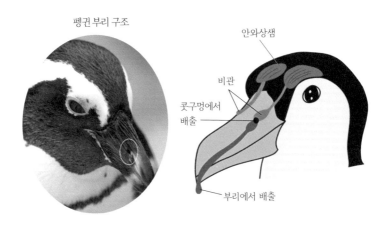

펭귄 부리 구조

안와상샘

비관

콧구멍에서
배출

부리에서 배출

조직[2]으로, 'supra'는 위, 'orbital'은 눈, 'gland'는 샘을 뜻한다. 말 그대로 '눈 위쪽 근처에 있는 샘'이다. 해양 조류는 이 샘을 통해 혈류 속에 있는 나트륨을 빨아들여 고농도로 농축한 다음 재채기 등을 통해 배출한다. 펭수에게도 이 안와상샘이 있을 것이며 바닷물로 수분을 보충하면서 남극에서 인천까지 오지 않았을까 추측한다.

남극에서 인천 앞바다는 불가능한 거리가 아니다

2013년 미국과 뉴질랜드 연구진의 공동 조사 결과에 따르면, 황제펭귄의 잠수 시간은 최대 30여 분, 잠수 깊이는 100미터 이상이라고 한다. 또한 펭귄 무리가 1년 동안 이동한 거리는 최대 9,000킬로미터라고 한다.[3] 여느 황제펭귄보다 몸이 큰 펭수는 더 깊이 잠수해서 더 멀리 이동할 수 있었을 것이다. 어쩌면 남극에서 인천 앞바다까지 왔다는 말이 허언이 아닐지도 모른다. 다만 육지에서는 이족보행으로 걷는데 펭귄은 무게중심이 낮아 뒤뚱거리면서 걸을 수밖에 없고 체력 소모가 바다보다는 훨씬 심할 수밖에 없어 육지에서는 다소 약한 모습이다. 또한 펭귄이 살기에는 한반도의 기후가 무더워 더 빨리 지치는 것 같다. 하지만 펭수는 바다에서는 우리의 상상을 초월하는 엄청난 체력을 보여줄 것이다.

하이브리드종 부엉이의 탄생, 뷩철

© EBS

〈자이언트 펭TV〉의 제작진이 다시 뭉쳐서 만든 프로그램 〈딩대〉. 여기에 등장하는 부엉이가 있다. 유독 밤을 새워서 피곤해 보이는 듯한 비주얼을 가진 조교 뷩철이다. 딱 조교(대학원생)를 대변하는 것 같다. 눈을 희번득하게 뜨면서 거침없이 솔직한 발언을 하는 모습은 여느 대학원생보다 패기가 넘친다.

제작진 측이 밝힌 뷩철의 종은 수리부엉이다. 실제로 뷩철의 외형은 머리에 뾰족한 깃이 있고 흰색 털을 가진 수리부엉이를 닮았다. 털이 흰 수리부엉이는 두 종이 있는데, 시베리아 수리부엉이와 흰올빼미다(이름과 달리 흰올빼미는 수리부엉이 속에 포함된다). 하지만 이 중 어느 종인지 콕 집어서 설명하기엔 복잡하다. 줄무늬 없이 희기만 한 털은 흰올빼미의 특징이지만, 흰색 털에 머리에 깃이 있는 것은 시베리아 수리부엉이의 특징이기 때문이다. 따라서 빙철은 흰올빼미와 시베리아 수리부엉이의 피가 섞인, 하이브리드 수리부엉이로 추측한다. (참고로 빙철은 호구와트 출신이라고 하는데, 해리포터의 반려동물인 '헤드위그'는 흰올빼미로 빙철과는 실제로 근연 관계다.)

출신은 중요하지 않아

빙철은 자신을 한국에서 나고 자란 K-부엉이로 소개했다. 그러나 시베리아 수리부엉이와 흰올빼미는 모두 추운 시베리아와 알래스카, 북미 지역에 서식한다. 한반도에 산다고 하더라도 연해주와 인접해 있는 북한 정도는 가능하나, 남한은 불가능하다. 만약 흰올빼미가 우리나라에서 보인다면 그 올빼미가 너무 남쪽으로 내려온 나머지 길을 잃은 것이다. 혹여 빙철이 한국에서 태어났더라도 조상은 러시아나 미국, 캐나다 출신일 가능성이 높다.

수리부엉이

흰올빼미

내가 뒤에 앉는 건 원시 때문이야

올빼미와 부엉이는 눈이 매우 크고 2킬로미터 가까이 떨어진 물체도 정확하게 볼 수 있을 정도로 놀라운 시력을 가졌다. 시야는 140도 정도로 좁은 편인데, 목을 270도까지 돌릴 수 있어 이 유연한 목으로 부족한 시야를 보완한다.[4] 그러나 부엉이는 아주 가까이에 있는 것은 잘 보지 못하는 원시다.[5] 병철 역시 원시일 것으로 생각되는데, 평소 공부하는 걸 힘겨워하고 항상 눈이 피곤해 보이는 이유가 아마 이 때문이지 않을까 싶다. 책을 가까이하기가 힘든 것이다. 어쩌면 병철은 신체적 한계를 극복하면서 공부하는 것일 수도 있다. 대학원 공부를 무사히 마치고 학위를 따기 위해선 원시 보정 안경을 끼면 도움이 될 것이다. 혹시 병철이 맨 뒷자리에서 낄희 교수의 수업을 듣는다면 칠판을 잘 보기 위해서다.

없어서 못 먹는 쥐고기

초식 동물인 코끼리와는 달리 흰올빼미

는 완전 육식 동물이다. 주로 작은 포유류나 곤충을 먹는데, 가장 많이 먹는 것은 바로 쥐, 그중에서도 레밍(나그네 쥐)이다. 흰올빼미가 번식기에 다다르면 평소보다 많이 먹는데, 그로 인해 이 시기 시베리아 인근 레밍의 개체 수가 급감할 정도라고 한다.[6] 그만큼 흰올빼미는 쥐를 무척 좋아한다. 빙철도 고기 중에서 쥐고기를 가장 좋아하지 않을까? 만약 그에게 쥐를 잡으라고 한다면 고양이보다도 더 기가 막히게 잡을지도 모른다.

부드러운 카리스마가 동물로 태어난다면, 낄희

© EBS

대학원생에게 빼놓을 수 없는 존재가 있다. 바로 교수다. 븽철 조교가 있다면 낄희 교수가 있다. 논문 쓰는 걸 힘들어하는 븽철은 낄희를 원망하거나 티격태격하는 모습을 보이기도 했다. 둘 사이는 여느 대학교의 교수와 조교의 관계를 대변하는 것 같아 MZ 세대의 많은 공감을 불러일으켰다. 〈딩대〉에서 부드럽고 지혜로운 캐릭터로 등장하는 낄희에게는 어떤 특징이 있을까?

아시아코끼리 홍수 속 흔하지 않은 아프리카코끼리

코끼릿과는 아시아코끼리와 아프리카코끼리 두 종으로 나뉜다. 이마와 귀 모양에 따라 구별할 수 있는데, 아시아코끼리의 이마는 움푹 꺼진 반면 아프리카코끼리는 솟아 있다. 이마로도 구별이 쉽지 않다면 귀를 살펴보면 된다. 아프리카코끼리의 귀는 아프리카 대륙처럼 삼각형이고 크기는 얼굴만 하다. 이에 비해 아시아코끼리의 귀는 다소 작다. 〈아기코끼리 덤보〉의 덤보를 비롯해 코끼리 캐릭터 대부분은 아시아코끼리이지만, 낄희는 외형상 아프리카코끼리로 추측된다. 이마는 움푹 꺼지지 않았고 귀는 다소 둥글긴 하지만 면적이 넓다. 또한 낄희 스스로 자신이 아프리카 사바나 출신이라고 밝힌 바 있다.

교수님, 보기보다 술이 약하시네요?

〈딩대〉의 에피소드 중에 낄희가 제자들에게 막걸리를 나눠주는 편이 있다. 그러면서 이것은 음료수라고 해명했고, 자신은 술을 아예 마시지 못한다는 식으로 말했다. 과연 실제로 코끼리는 술을 마실 수 있을까? 마신다면 얼마나 마실 수 있을까? 한 학자가 3톤 코끼리의 하루 주량이 도수 7도를 기준으로 27리터가 될 것이라고 추정한 바 있다.[7] 맥주로 치면 500밀리리터 병으로 50병이 넘는 양이다.

하지만 코끼리는 생각보다 술을 잘 못 마신다. 그 이유는 우리 인간이나 일부 영장류(침팬지, 보노보, 고릴라)가 다른 포유류보다 에탄올을 40배나 빠르게 분해할 수 있도록 진화한 반면, 코끼리는 그렇지 않기 때문이다.[8] 코끼리에게는 알코올을 분해하는 능력이 거의 전무하다고 보는 편이 맞다. 그러니 낄희는 술을 마시더라도 우리만큼 많이 마시지는 못할 것이다.

코가 짧지 가방끈이 짧은 건 아냐

코끼리의 코는 윗입술과 코가 만나 연장되어 생긴 부위이다. 흔히 알고 있듯 코로 냄새를 맡는 것뿐 아니라 먹이나 물건을 잡기도 하고 물도 퍼서 마신다. 무려 약

4만 개의 근육을 통해서. 또한 의사소통을 할 때에도 코를 사용한다. 코끼리는 육상 동물 중에서 후각이 가장 민감한 동물로 20킬로미터 떨어진 곳의 냄새도 맡을 수 있다. 해바라기씨가 담긴 두 개의 그릇 중에 냄새만으로 더 많이 들어 있는 것을 선택한 실험도 있다.[9]

코가 매우 짧은 낄희의 경우 다른 코끼리보다는 후각 조금 떨어질 것으로 보인다. 이러한 신체적 약점을 극복하기 위해 열심히 공부한 것은 아닐까?

내가 앞에 앉는 건 근시 때문이야

코끼리의 시력은 매우 좋지 않다. 가시거리는 8~20미터 정도로 추정되고,[10] 망막에 있는 원추세포의 종류도 사람보다 적어서 빨간색과 녹색을 잘 구별하지 못한다.[11] 대신 뛰어난 후각과 청각, 아주 예민한 발바닥을 이용해 물체의 거리를 가늠한다.

종종 낄희가 안경을 쓴 모습이 나오는데, 시력이 좋지 않아 그런 것이 아닐까 싶다. 그리고 가시거리가 짧기 때문에 학창 시절에는 항상 칠판과 가까운 앞자리에서 수업을 들었을 것이다. 그 덕분에 낄희 교수가 공부를 잘한 건 아니었을까? 칠판으로부터 멀리 떨어져야 하는 뿡철과 가까이서 칠판을 봐야 하는 낄희가 대비되는 모습이 재미있다.

비숑 프리제 이모티콘의 대표주자, 세숑

© FUNPPY

곱슬곱슬한 털이 마치 솜사탕 같은 비숑 프리제는 주변에서 흔히 볼 수 있는 견종 중 하나다. 사람을 잘 따르고 외향적이고 상냥한 성격에 털 알레르기도 덜 유발하는 장점이 있어 많은 사람들이 좋아한다. (나 역시 비숑 프리제를 아주 좋아한다.) 이러한 비숑의 인기에 힘입어 등장한 대표적인 비숑 캐릭터 '세숑'. 귀여운 외모와 활발한 성격으로 국내에서 엄청난 인기를 누리는 이 캐릭터는 팝업 스토어까지 열 정도로 승승장구하고 있다. 과연 세숑은 어떤 특징이 있을까?

비만주의보 발령!

세숑은 강아지가 절대 먹으면 안 되는 초콜릿, 커피와 더불어 단 음료, 치킨, 고구마를 잘 먹는다. 하나같이 당과 탄수화물이 많아 쉽게 비만을 유발할 수 있는 음식들이다. 강아지에게는 탄수화물이 사람처럼 필수 에너지원에 속하지는 않기 때문에 과량의 탄수화물이 몸에 들어오면 피하 조직과 내장 장기에 바로 축적되고 쉽게 살이 찐다.

세숑은 현재 비만도를 측정하는 신체충실지수[BCS]가 7/9에 해당할 정도로 과체중으로 보인다. 1로 갈수록 저체중, 9로 갈수록 과체중인데, 7단계는 갈비뼈를 만지기 힘들고 허리와

© FUNPPY

꼬리 부분에 지방 축적이 보이는 상태다. 허리를 구분하기 힘들고 배가 나와 있는 세숑은 7단계에서 8단계로 가고 있는 상태인 것으로 보인다. 세숑이 지금처럼 단 음식을 고집한다면 초고도 비만이 될 수 있으니 주의해야 한다. 이 경우 슬개골 탈구가 훨씬 쉽게 일어나고 나중에는 디스크도 생길 수 있다. 그러니 단 음식을 끊고 강아지용 다이어트 사료를 통해 적정 몸무게로 돌아가는 것이 좋다.

자나 깨나 슬개골 탈구 조심

무릎뼈가 빠지는 슬개골 탈구Patellar luxation는 소형견에게 일어나는 대표적인 유전 질환이다. 뼈가 빠질 때 통증이 있어 한 발을 들고 걷기도 하는데, 말티즈와 포메라니안과 더불어 비숑 프리제 역시 이러한 근골격계 질환이 자주 발생하는 견종이다.

심지어 세숑은 다른 강아지들과 달리 이족보행을 하기 때문에 뒷다리에 무리가 많이 가고, 그로 인해 무릎뼈 탈구가 발생할 확률이 높다. 이를 막기 위해서는 평소 근력 운동으로 뒷다리를 잘 단련해야 하고, 체중 감량을 하는 것이 좋다.

빗질은 계속되어야 한다

비숑 프리제의 털은 이중모인 데다 길이도 짧지 않기 때문에 주기적으로 빗질을 하지 않으면 심하게 엉켜 피부 트러블을 유발할 수도 있다. 주 1회 정도는 빗질을 해야 좋은 털 상태를 유지할 수 있다. 세숑의 털 상태는 양호한 것으로 보아 다행히도 평소 관리가 아주 잘 되고 있는 것 같다. 그러나 한순간 방심하면 털이 심하게 꼬이니 지금처럼 꾸준히 관리해야 한다.

세숑, 분리불안은 없어 보이숑

분리불안Separation anxiety은 주인이 집을 비운 동안 반려동물이 불안감을 느껴 과도하게 짖거나 배변 실수를 하는 현상이다. 원인은 이별로 인한 심리적인 트라우

마, 부족한 사회화 등인데, 이를 해결하는 데 생각보다 시간이 걸린다. 활발하고 외향적인 비숑 프리제는 주인에 대한 충성심과 애정이 높지만 그만큼 분리불안을 보이는 종이다. 다행히도 세송은 혼자서도 잘 놀고 주인이 없을 때 짖거나 하는 이상 행동은 보이지 않기 때문에 분리불안은 없는 것으로 추측된다.

오리 아니고 오리너구리, 오구

© 문랩스튜디오

이모티콘 시장에서 항상 상위권을 차지하고 있는 캐릭터 중 하나는 바로 '오구'이다. 오리처럼 보이지만 오리너구리다. 몸 길이 약 40센티미터, 무게 1~2킬로미터인 오리너구리는 사족보행을 하며 매우 편평한 꼬리와 발을 가진 포유류다. (참고로 오리너구리를 뜻하는 'Platypus'는 그리스어로 편평하다는 뜻의 'Platys'와 발이라는 뜻의 'Pous'가 합쳐서 탄생한 말이다.) 오리너구리는 오리와 비슷한 주둥이에 작은 눈을 가졌고, 귓바퀴가 없는 것도 특징이다. 눈이 매우 작고 귓바퀴가 없는 오구의 외형도 오리너구리를 닮았다. 예나 지금이나 오리너구리는 우리에게 아주 생소한 동물인데, 오구를 보면 마치 우리 주변에 있는 것처럼 친숙한 느낌이 든다. 이제는 한국의 스누피가 되기 위해 전 세계 시장을 두드리고 있는 오구에 대해 알아보자.

피부에서 나오는 모유

오리너구리는 알을 낳는다. 어라? 포유류는 자궁에서 새끼를 분만하는 것이 특징이지 않은가? 오리너구리가 왜 포유류인지는 뒤에서 설명하겠다. 오리너구리는 7월에서 10월에 산란을 하는 계절 번식성이며, 7일 만에 새끼를 낳고 4개월의 포유 기간을 거친다. 그런데 오리너구리에게는 유두가 없다. 그 대신 아주 특이한 방식으로 새끼를 포유한다. 바로 피부에서 모유가 스며 나오는 것이다. 그래서 새끼는 어미의 피부에서 나오는 젖을 핥아 먹으며 성장한다. 이렇듯 오리너구리는 알을 낳더라도 어미의 모유를 먹으며 성장하는 동물이기 때문에 포유류로 분류된다. 아기 오구 역시 어미의 피부에서 스며 나오는 모유를 먹으며 성장했을 것이다.

오리너구리의 또 다른 특징 중 하나는 총배설강Cloaca이 있다는 것이다. 총배설강은 생식기, 항문, 요도가 한데 모이는 부위로, 대소변 배출을 비롯해 번식 행위가 이곳에서 이루어진다. 포유류가 아니라 양서류와 조류에게서 볼 수 있는 구조다. 그래서 오리너구리는 젖을 먹기 때문에 포유류로 분류되었지만, 포유류가 가지지 않은 이 하나의 구멍 때문에 앞서 말했듯 알을 낳는 포유류, 즉 단공류Monotreme라

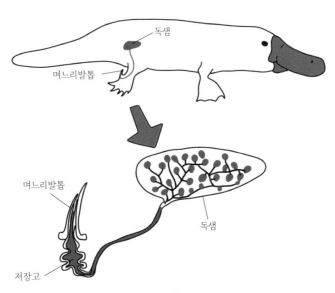

오리너구리 구조

시러 시러

ⓒ 문랩스튜디오

오구의 총배설강으로 추측되는 부위   오구의 뒷발가락에도 독이 있을 것이다.

는 새로운 분류에 들어간다. 이 단공류에는 오리너구리뿐 아니라 가시두더지 4종도 포함된다. 오구 역시 구멍이 하나 있는 걸 볼 수 있는데, 이곳이 총배설강일 것이다.

까불면 뒷발가락을 날릴 거야

수컷 오리너구리의 뒷발가락에는 독샘에서 나온 독이 있다. 정확하게는 독샘에서 생성된 독이 며느리발톱 밑에 있는 저장고에 저장되어 있다. 위급한 상황에서 이 독을 사용하는데, 번식기에 이 독의 분비가 활발해져서 다른 수컷들을 몰아내기 위한 공격 도구라는 말도 있다. 사람에게는 치명적인 정도는 아니지만 작은 동물들은 이 독에 노출되면 죽을 수 있다고 한다. 오구가 뒷발로 차는 이모티콘이 있는데, 아마 외부의 적으로부터 자신을 보호하기 위해 독으로 위협하는 것으로 보인다. 귀엽다고 오구를 함부로 만지다간 독에 노출될 우려가 있으니 주의해야 한다.

소식가의 면모

오리너구리는 작은 물고기와 새우, 가재, 지렁이, 수서 곤충을 먹는다. 그러나 위가 없고 식도와 내장이 바로 연결되어 있어 음식을 한 번에 소화시키지 못한다.[12] (예전 논문에는 위가 극히 작다고 되어 있었으나 최근에는 위가 없다고 결론 내린 모양이다.) 그래서 오리너구리는 뺨에 있는 뺨주머니에 음식을 일부 저장하여 천천히 먹는 소식가다. 오구 역시 위가 없어 음식을 한꺼번에 소화시키지 못하는 소식가일 것으로 추정한다. 또 먹은 것들을 뺨에 저장할 것이다. 팝콘과 치킨, 빵을 들고 있는 모습도 있는데, 사실 오구는 이 음식들을 먹지 못한다. 그저 나 같은 이모티콘 사용자들의 식욕만 부추길 뿐이다.

호주에서 건너온 조상님들

　오리너구리의 서식지는 호주 북쪽의 케이프요크반도부터 남쪽의 멜버른 연안에 있는 강과 개울이다. 오구 역시 호주 출신으로 추정된다. (한국에서 나고 자랐더라도 조상은 호주에서 건너왔을 것이다.) 동물원을 제외하면 대부분의 오리너구리가 호주에 서식하고 있는데, 최근 도시 개발로 서식지가 파괴되어 개체 수가 많이 줄어들었다. 오구의 조상들은 이러한 난개발을 피해 한국으로 대피하지 않았을까 싶다.

주인공보다 더 각인된 고양이, 김애용

© 네이버웹툰, 이윤창, 좀비딸

네이버웹툰 〈좀비가 되어버린 나의 딸〉, 일명 '좀비딸'은 재난 소재에 개그 요소를 넣어 삼삼한 재미를 선사한 작품이다. 그런데 여기에서 주인공보다 훨씬 더 많은 인기를 끈 캐릭터가 있으니, 바로 고양이 '김애용'이다. 김애용은 작품 초반에 주인공 가족과 우연히 만나 끝까지 함께하는 고양이다. 이 작품을 보지 않은 사람이라도 애용이만큼은 이미지로 많이 접했을 정도로 인지도가 높다.

코리안 쇼트헤어 치즈태비의 매력

한국 출생이면서 치즈색 털과 태비[Tabby, 일반적인 줄무늬]를 가진 김애용. 외형을 봤을 때 '코리안 쇼트헤어 치즈태비'라는 것은 너무나 분명하다. 치즈태비는 보통 활발하고 호기심이 많은 성격이지만 개중에는 간혹 성격이 까다로운 아이도 있다. 내가 아는 치즈태비는 대부분 호기심이 많고 활발했으나 몇몇은 그 누구보다도 조용하고 얌전하며 게을렀다. 유전적으로 80퍼센트가 수컷이고 야생성과 상당한 사냥 실력을 가진 경우도 종종 있다.

애용이도 상당히 호기심 많고 활발한 성격을 가진 중성화한 수컷으로 등장한다. 다만 나이가 어느 정도인지는 알기는 어려우며 중성화를 했기에 최소 5개월령 이상의 고양이로 추정할 뿐이다.

김애용 씨, 마늘 엑기스는 절대 안 됩니다

작품에서 흑마늘 엑기스를 마신 김애용.

그러나 실제로 마늘은 고양이에게 아주 위험한 음식이다. 사실상 사약이나 마찬가지다.[13] 마늘에 있는 티오황산염 Thiosulfate 성분이 고양이의 적혈구를 파괴하여 심각한 급성 빈혈을 유발할 수 있기 때문이다. 이로 인해 잇몸이 새하얗게 변하고 기력이 떨어지며 호흡이 빨라지는 증상이 나타날 수 있다. 밝혀진 바에 따르면 고양이에게는 단 한 쪽의 마늘도 위험하다. (197밀리그램의 양을 섭취하더라도 중독 증상을 일으킬 수 있다고 한다.) 그래서 마늘을 많이 먹을 경우 병원에 내원하여 긴급 치료를 해야 할 수도 있다. 다행히 마늘 엑기스를 마신 애용이가 별다른 문제가 없는 것으로 보아, 이 엑기스에는 마늘 성분이 아주 약하게 들어 있는 것 같다.

© 네이버웹툰, 이윤창, 좀비딸

치킨은 만성신부전을 일으켜요

고양이는 다른 동물에 비해 만성신부전

CKD에 걸리는 경우가 많다. 고양이의 조상이 물이 부족한 아프리카 지방에서 왔다는 점을 고려하면, 물을 조금만 섭취해도 생존할 수 있도록 신장 기능이 아주 효율적으로 진화했을 가능성이 높다. 따라서 짠 음식을 장기적으로 먹을 경우, 신장에 무리가 가서 만성신부전으로 이어질 수 있다. 굶주림으로 죽어가는 길고양이가 아니라면 소시지나 참치를 주지 말라고 하는 것이 이와 같은 이유 때문이다.

그런데 애용이가 가장 좋아하는 음식은 치킨이다. 닭 자체는 고양이가 먹어도 문제가 없지만 치킨을 만드는 데 들어간 향신료나 지나친 염분은 해로울 수 있다. 한두 번 먹는 것에서 끝난다면 큰 문제는 없겠지만 지금처럼 치킨을 좋아한다면 다른 고양이보다 만성신부전이 조금 더 빠르게 찾아올 것이다. 한번 망가진 신장은 절대 되돌릴 수 없으니 부디 애용이가 치킨을 끊고, 충분한 물을 마셔 만성신부전이 진행되는 속도를 막아야 한다.

샤아아아앙
© 네이버웹툰 〈웃소냥〉

상추 한 장으로 변비가 나아진다면

작품에는 애용이가 상추를 좋아하는 모습이 나온다. 상추에 있는 수분과 식이섬유는 고양이의 변비를 예방하는 데 도움이 될 수 있다. 단, 너무 많이 먹을 경우 소화를 시키지 못해 설사를 일으킬 수 있으니 한 장 정도가 적당하다. 애용이가 지금처럼 과하지 않게 적당한 양의 상추를 먹는다면 변비로 고통받을 일은 적을 것이다.

고양이의 변비는 보통 수분과 섬유질 섭취 부족, 깨끗하지 않은 화장실, 낯선 환경, 염증과 종양 등으로 인해 발생하는데, 심할 경우에는 '락툴로오즈'라는 약물을 통해 치료한다. 대장에서 분해되는 이 약물은 대장 내의 삼투압을 높여 변을 묽어지게 한다. 고양이에게 스트레스를 주지 말고 물을 잘 섭취할 수 있도록 물그릇 주변을 깨끗하게 정리하면 변비를 예방할 수 있다. 혹시나 3일 이상 변을 보지 못할 경우, 집에서 처치할 생각을 하는 것보다 병원에 내원하여 수의사와 상담하는 것이 더 안전하다.

눈물이 차올라서 고갤 들어, Sad cat

　　한때 인터넷에서 우는 고양이가 유행한 적이 있었다. 2014년 익명의 밈 제작자로부터 시작된 'Sad cat'이라는 캐릭터다. 유독 슬퍼 보이는 표정과 글썽이는 눈물, 고양이에게서 보기 힘든 모습 등은 여러 가지 밈을 만들기에 아주 좋은 표적이 되었고, 2017년과 2018년에 전성기를 맞은 후 지금까지도 큰 존재감을 보이고 있다. 계속 울고 있는 Sad cat을 보던 나는 궁금해졌다. 이 고양이는 정말 슬퍼서 우는 걸까?

유루증

Sad cat이 우는 이유는 여러 가지가 있겠지만 그중 하나가 선천적 유루증이다. 눈물샘Lacrimal gland에서 생성되는 눈물은 필요 이상으로 많이 생기면 비루관Nasolacrimal duct으로 빠져나간다. 이때 비루관이 좁아지거나 막힐 경우 빠져나가지 못한 눈물이 전부 눈으로 흐르게 된다. 이 경우 슬픈 것과는 별개로 눈물이 계속 차오른다. 눈물이 계속해서 흐르면 눈 주변에 빨간 눈물 자국이 남는데, 이는 보통 말티즈에게 많이 보이는 현상이다. 고양이 중에서는 페르시안에게 유전

눈물샘

비루관

적으로 나타날 수 있으며, 실제로도 페르시안이 다른 종에 비해 눈물 양이 많은 편이다. 만약 Sad cat이 유루증을 가지고 있다면 지금처럼 계속 우는 것이 설명된다. 그러나 가능성은 낮아 보인다. 눈 주변에 눈물 자국이 잘 보이지 않기 때문이다.

이 고양이가 우는 이유 ② ─────

안검내반증

안검내반증Entropion이란 안쪽으로 말려 들어간 눈꺼풀 때문에 눈썹이 눈을 찌르는 질환을 말한다. 눈썹이 눈을 계속 찌르면 강한 이물감과 함께 눈물이 계속 흘러 나오게 되고, 심할 경우 결막염과 각막 손상을 일으킬 수 있다. 이럴 경우 보통 수술적 처치를 통해 교정한다. 만약 Sad cat이 안검내반증일 경우 눈이 지속적으로 자극되어 눈물이 계속 날 수 있다. 다만 이 역시 가능성이 높아 보이진 않는다. 이런 경우도 선천적인 경우가 많으며 페르시안 고양이에게서 잘 볼 수 있다. (페르시안은 벌써 2관왕이다.)

안검내반증을 확인하는 것은 생각보다 쉽지 않다. 흥분하거나 격한 움직임을 보이면 안검내반이 보이지 않는데, 보통 병원에 온 고양이는 열이면 열 흥분한 상태이기 때문이다. 그래서 안과 전문 병원으로 가야 제대로 진단받을 수 있다. 어쩌면 Sad cat도 안과 전문 병원을 가봐야 할 것 같다.

이 고양이가 우는 이유 ③ ────

알레르기와 이물질

앞서 본 유루증이나 안검내반증은 선천적인 원인이기에 확률이 낮다. 고양이가 눈물로 인해 내원하는 대부분의 케이스는 바로 알러젠(알레르기 반응을 일으키는 물질)이나 외부 자극 때문에 발생한다. 특히나 안구가 건조해지는 간절기나 동절기에 많이 발생한다. 날씨가 건조해지면 안구의 면역력이 평상시보다 더 떨어져 작은 자극에도 눈물이 더 쉽게 생긴다. 또한 벼룩과 집 먼지에 의한 알레르기 반응으로 눈물을 흘릴 수도 있으며 눈에 털이 들어가는 등 이물질에 의해 눈물이 발생하기도 한다. 그 외에도 먹는 것이 잘 맞지 않아 알레르기성 결막염으로 인한 눈물이 발생하기도 한다.

　Sad cat도 이 경우가 아닐까 싶다. 그러니 이 아이의 주인은 아이가 눈물을 흘리지 않는 환경을 만들어줘야 한다. 공기청정기와 가습기를 통해 떠다니는 먼지를 최대한 제거하고 습도를 높여 안구 면역력을 높여야 한다. 혹여나 특정 음식을 먹었을 때 이러한 증상이 나타난다면 안타깝지만 그 음식은 끊어야 한다. 만약 이걸로 해결되지 않을 경우 결막염이 발생할 수 있다. 이럴 경우에는 안약을 처방받아야 한다.

이 고양이가 우는 이유④ ────

헤르페스바이러스 감염

　면역력이 약한 새끼 고양이의 경우 헤르페스바이러스herpes virus 감염에 취약하다. 이 바이러스는 알파헤르페스바이러스과에 속하는 DNA 바이러스로 전염성이 강하다. 상부 호흡기 질병을 유발하고 특히 눈에 자극이 많이 줘 눈곱과 눈물이 많이 발생한다. 한번 헤르페스를 심하게 앓은 경우 평생 이 바이러스를 가지고 있기도 한다. 평상시에는 면역력이 좋아

바이러스 증상이 나타나지 않지만, 면역력이 떨어지는 시기가 오면 재발하는 경우도 잦다. 만약 Sad cat이 어리거나 혹은 예전에 헤르페스를 심하게 앓았다면 그 때문에 눈물이 나는 것일 수도 있다.

고양이는 눈물샘이 있어 눈물은 흘릴 수 있지만 슬프거나 통증 때문에 운다는 연구는 아직 없다. 따라서 Sad cat은 슬퍼서가 아니라 안과 질환 때문에 운다는 것이 현실적으로 맞을 것이다.

전 세계에서 가장 유명한 곰, 푸

       곰은 전 세계 사람들에게 친숙한 동물 중 하나다. 특히 우리나라는 건국 신화부터 곰이 등장할 정도로 잘 알려진 존재다. 캐릭터 중에도 친숙함을 어필하기 위해 곰이 많이 보이는데, 그중에서도 가장 유명한 캐릭터를 꼽으라고 하면 이견 없이 등장하는 것이 있다. 바로 '곰돌이 푸'다.

       푸의 역사는 영국의 작가 앨런 알렉산더 밀른A. A. Milne이 1926년 『위니 더 푸Winnie-the-Pooh』라는 동화를 펴내면서 시작되었다. 그 이후 1977년 디즈니에서 만든 애니메이션이 전 세계적으로 성공을 거두며 가장 유명한 곰이 되었다. 푸는 매우 느긋하고 둔한 성격 탓에 다른 캐릭터들을 답답하게 만들지만, 특유의 푸근한 외모와 순수한 모습으로 절대 미워할 수 없다. 과연 푸는 어떤 곰일까?

노란색 털을 가진 곰은 실제로 있을까?

푸의 종을 알기 위해서는 작품의 탄생 배경을 살펴봐야 한다. 제1차 세계대전 때 캐나다 육군 수의대 소속 수의사로 참가한 해리 콜번Harry D. Coleburn은 사냥꾼이 놓은 덫에 걸린 아기 흑곰을 발견하고 이름을 위니Winnie라고 짓고 돌보았다고 한다. 그리고 전쟁이 끝나자 영국 런던의 한 동물원에 이 흑곰을 맡기고 캐나다로 떠났다. 그때 한 아이가 종종 동물원에서 위니를 찾았는데, 그 아이가 바로 훗날 원작을 쓴 앨런 밀른이었다고 한다.

참고로 캐나다 흑곰이라는 종은 따로 없다. 캐나다에 서식하는 아메리카흑곰American black bear이라는 종이 캐나다 흑곰이라고 불리는데, 이 종은 푸처럼 노란색 털이 아니다. 하지만 아메리카흑곰의 아종인 커모드 베어Kermode bear라면 가능하다. 영혼 곰Spirit bear이라고 불리기도 하는 커모드 베어는 캐

커모드 베어

나다의 브리티시컬럼비아주의 중부와 북부 해안 지역에서 살고 있다.[14] 커모드 베어도 대부분 털색이 검은색이지만 500여 마리 정도는 흰색(보기에 따라서 밝은 황색) 털을 가졌다.[15] 멜라닌 색소를 관리하여 색깔을 결정하는 MC1R 유전자의 변이 때문이다. 백색증은 아닌 것으로 밝혀졌다.[16] 몸길이는 1.5에서 1.8미터, 무게는 300킬로그램까지 나간다고 한다.

미련하고 둔하다는 오해는 이제 그만

흔히 우리는 곰은 미련하고 여우가 똑똑하다고 알고 있지만, 사실 지능이 더 높은 건 곰이다. 실제로 곰은 3세 아이의 지능을 가지고 있다. 이는 인간을 제외하고 가장 똑똑한 동물 중 하나에 해당하는 수준이다. 동물원에 있는 곰들은 어떻게 행동하면 먹이를 받아낼 수 있는지, 누가 주로 먹이를 주는지 안다고 할 정도다. 필요하면 도구를 이용해 먹이를 먹기도 한다. 이뿐 아니라 때때로 자동차 문을 따고 들어오거나 냉장고를 털기까지 한다.[17] 푸 역시 작품에서 둔하고 무엇이든 잘 잊어버리는 것으로 묘사되지만, 자신의 능력이 필요한 상황에서는 영악한 모습을 보일 것이다. 어쩌면 피글렛(돼지), 이요르(당나귀)보다 더 똑똑할지도 모르겠다.

개코가 아니라 곰코

후각 하면 생각나는 동물은 개다. 그러나 개만큼 후각이 발달한 동물은 생각보다 많다. 당장 돼지만 하더라도 개보다 후각이 예민하다. 그러나 후각이 발달한 돼지조차 명함도 못 내미는 동물이 바로 곰이다. 미국 요세미티 국립공원의 칼럼에 따르면, 곰은 개에 비해 후각이 일곱 배에서 열 배 이상 발달했으며,[18] 1킬로미터 이상 떨어진 구멍에서 나오는 냄새나 밀봉된 통조림의 냄새도 맡을 정도라고 한다. 푸역시 반경 1.5킬로미터에서 누가 자신에게 접근하는지 냄새로 다 알아차릴 정도로 예민한 후각을 가졌을 것이다.

그리고 푸는 꿀을 매우 좋아하는데, 실제로도 곰은 단것을 매우 좋아한다. 가령 고양이는 단맛 수용체가 덜 발달되어 있어 단맛을 잘 못느끼는 반면, 곰은 단맛 수용체를 보유하고 있어 단맛을 잘 느낀다.[19] 그 옛날에는 사람들이 남긴 주스나 콜라 냄새를 맡고 민가에 내려와 먹어치웠을 수도 있다. 또한 러시아에는 꿀을 좋아하는 곰의 특성을 이용해 꿀의 품질을 구별하는 꿀 구별사로 활약하는 곰이 있을 정도다. 어쩌면 푸도 러시아에 가면 훌륭한 꿀 감별사가 될 수 있지 않았을까?

루돌프 순록코는 매우 반짝이는 코

　　나는 크리스마스를 좋아한다. 흘러나오는 캐럴과 화려하게 서 있는 트리에 귀와 눈이 즐겁기 때문이다. 그런데 크리스마스 시즌에 거리를 지나면 캐럴에서 항상 이 단어가 들린다. 바로 '루돌프'다. 예전에는 그저 산타 할아버지의 썰매를 끄는 사슴 정도로 생각했지만, 수의사가 되고 나니 루돌프에게 어떤 특징이 있는지 궁금해졌다.

　　캐럴은 '루돌프 사슴코'라고 시작한다. 엄밀하게 따지면 '사슴코'가 완전히 틀린 말은 아니지만, 이는 사람 코를 영장류 코라고 부르는 것만큼이나 매우 어색한 표현이다. 추운 곳에서 서식하는 루돌프는 뿔이 달려 있고 빨간 코를 가졌기 때문에 외형적으로나 생태학적으로나 순록에 가까운 동물이다. 그러니 루돌프 사슴코가 아니라 정확하게는 루돌프 '순록코' 가 맞는 표현이다. 참고로 영어권에서는 루돌프를 'Rudolph, the red-nosed reindeer'이라고 부르고 있으며, 정확하게 순록 Reindeer이라고 언급하고 있다.

툰드라의 추위에도 거뜬한 코

순록은 추운 툰드라 지역에 사는 동물로 그곳의 이끼를 먹으며 산다. 이끼를 먹기 위해서는 어쩔 수 없이 코가 차가운 땅이나 눈에 닿는데, 코가 얼 확률이 매우 높다.

툰드라에 사는 순록은
극한의 환경에서 체온을 조절하기 위해
코에 많은 혈관이 몰려 있다.

순록의 코에는 모세혈관이 많이 분포되어 있어 열이 잘 전달된다. 이 때문에 상대적으로 코가 빨갛게 보이는 것이다.[20] 우리 뺨이 겨울에 빨갛게 변하는 것과 비슷한 원리다. 루돌프는 다른 순록보다 몸에 열이 잘 전달되어 추위를 잘 견딜 것이다.

코가 너무 빛나 당한 따돌림

　　　　　　루돌프는 심하게 붉은 코 때문에 왕따를 당했다고 한다. 그런데 실제로 순록은 붉은색을 구별하지 못한다. 영국 엑서터 대학교의 과학자들은 순록이 자외선을 볼 수 있는 시력을 가졌지만 녹색과 적색을 구별하지 못하는 적녹색맹이라고 추측한 바 있다. 따라서 루돌프나 다른 친구 순록들이나 붉은 코를 구별하지 못한다. 루돌프를 놀린 친구들 역시 코에 피가 몰리면 붉은 코가 될 수 있다.

나는 루돌프가 왕따당한 이유가 붉어서가 아니라 '매우 반짝여서'라고 생각한다. 빛나는 코는 야생에서는 매우 치명적인 단점을 가지고 있다. 자신의 위치가 쉽게 노출돼 포식자에게 공격당할 위험이 높아지기 때문이다. 만약 루돌프가 그

무리에 계속 남아 있게 된다면 무리 자체가 포식자에게 노출될 수 있다. 어쩌면 리더는 다수의 순록을 보호하기 위해 의도적으로 루돌프를 따돌린 것은 아닐까?

수컷일까 암컷일까?

이미 밝혀진 바 있지만, 루돌프는 암컷이라고 추측된다.[21] 뿔이 있어 보통 수컷이라고 오해하기 쉽지만 순록은 암수 모두 뿔을 가지고 있다. 다만 수컷의 경우 12월에 뿔갈이를 하는 경우가 많아 뿔이 온전하지 않은 경우가 종종 있는데, 루돌프는 썰매를 끄느라 가장 바쁜 12월에도 뿔이 멀쩡한 걸 보면 수컷이 아니라 암컷일 확률이 매우 높아 보인다.

수의사가 되고 나서 본 어린 왕자

　　『어린 왕자』는 앙투안 드 생텍쥐페리의 유작이자 전 세계에서 가장 많이 팔린 책 중 하나로 손꼽힌다. 어릴 때 읽을 때와 커서 읽을 때 느껴지는 감정이 다르기로 유명한 책인데, 나도 과거와 지금 읽었을 때 느끼는 관점이 다르다. 수의사가 된 지금은 내용 자체를 진지하게 분석해보는 편이다. 보아뱀이 코끼리를 먹는 그림을 보면서 '얘는 코끼리는 커녕 사람도 못 삼키는데.' 한다거나 어린 왕자와 사막여우가 처음 보자마자 이야기하는 걸 보면서는 '현실에서는 있을 수 없는 일이네.'라고 하는 것이다.

보아뱀은 정말 코끼리를 삼킬 수 있을까?

코끼리를 삼킨 보아뱀. 어린이의 시선에서 틀을 깨자는 의미에서 그린 그림이지만, 지금은 너무 유명해지는 바람에 오히려 새로운 틀이 생긴 그림이기도 하다. 실제로 보아뱀이 코끼리를 삼키는 것은 불가능하다. 새끼 코끼리도 삼키지 못한다. 보아과에 속하는 뱀 중에서 가장 큰 뱀은 약 2미터 길이의 붉은꼬리보아다. 참고로 이보다 두 배 큰 아프리카 비단뱀이 50~70킬로그램의 하이에나를 삼킨 것이 최고 기록인데, 이보다 훨씬 작은 보아뱀이 코끼리를 삼킬 수는 없다. 삼킨다면 새끼 사슴 정도를 삼킬 수 있지 않을까 싶다.

어린 왕자를 보내버린 뱀은 어떤 뱀일까?

지구에 도착한 어린 왕자는 사막에서 꿈틀거리고 있는 뱀에게 인사한다. 그 뱀은 "사람들 틈에 섞여 있어도 외롭기는 마찬가지야."라는 명언을 남긴 존재이자 훗날 어린 왕자를 고향으로 보내버린(?) 존재이다. 이 뱀은 자신

에게 굉장한 맹독이 있다며 어린 왕자를 위협했다. 과연 이러한 뱀이 실제로도 있을까?

　우선 『어린 왕자』의 배경을 살펴봐야 한다. 이곳은 아프리카 대륙에 있는 사하라 사막이다. 이 사하라 사막에 사는 뱀은 여러 종이 있다. 그 종을 모두 알기는 어렵지만 그중에서 사막에서 흔하게 볼 수 있고 사람을 죽일 만큼 맹독을 가진 뱀을 꼽자면 사막뿔살무사가 유력하다.

　사막뿔살무사는 북아프리카와 중동에서 가장 흔하게 볼

사막뿔살무사

수 있는 뱀으로 무려 열세 가지의 독을 가지고 있다. 이 독은 혈액응고장애, 혈소판 감소증, 출혈 등의 위험한 순환계 질병을 유발할 수 있다. 한번 물리면 출혈이 멈추지 않아 사망에 이를 수 있다.

어린 왕자를 그의 별로 보내버린 위험한 뱀이 바로 이 뱀으로 추측된다. 그런데 실제로 이 뱀이 사람에게 위해를 가할 확률은 어느 정도일까? 사막뿔살무사는 자신이 위협을 받는 상황이 아니라면 생각보다 온순하다고 한다. 우리가 굳이 건들지 않으면 반응하지 않을 확률이 높다는 것이다. 어린 왕자가 만약 먼저 뱀에게 인사를 하지 않았다면 그렇게 일찍 자기 별로 돌아가게 되는 불상사는 없지 않았을까? 어린 호기심에 뱀에게 다가가 아는 척한 것도 모자라 심지어 너는 약하다고 자극까지 했으니, 그 뱀에게 물리는 건 어쩌면 예정된 수순이라고 보인다.

사막여우가 광견병일 수 있다고?

사막여우는 『어린 왕자』에서 빼놓을 수 없는 존재다. 가장 중요한 것은 눈에 보이지 않고, 비슷한 존재들이 있어도 그 존재를 특별하게 해주는 것은 관심이라는 명언으로 많은 이들의 심금을 울렸다. 실제로 사하라 사막에 서식하는 사막여우는 어떤 특징이 있을까?

갯과에 속하는 사막여우는 확률이 그리 높지는 않지만 광견병을 보균할 가능성이 있는 동물이다. 그래서 반려견이 광견병 백신을 맞는 것처럼 사막여우도 정기적으로 백신을 맞을 필요가 있다. 광견병에 걸린 동물의 경우 쉽게 흥분하거나 과민해지는 경향이 있으며, 사람을 보고도 도망가지 않는다.

『어린 왕자』의 사막여우는 공격성이 나타나지는 않지만, 사람을 봐도 도망가지 않고 오히려 다가가는 것으로 보아 광견병을 온전히 배제할 수는 없다. 어린 왕자는 어쩌면 이 사막여우로부터 광견병에 전염되지 않도록 적당한 거리를 두어야 할지도 모른다.

길들이긴 쉽지만 기를 수는 없어 슬픈 동물

사막여우가 등장하는 에피소드에서 중요한 테마가 되는 것은 '길들임'이다. 이 길들이기를 통하여 서로의 관계가 특별해진다는 뜻이다. 그런데 우리가 실제로 사막여우를 길들일 수 있을까? 가능은 하다. 그러나 쉽지는 않을 것이다. 사막여우는 워낙 야생성이 강한 데다 길고양이처럼 사람과 별로 마주하지 않는 탓에 사람의 존재를 경계하며, 마주칠 경우 십중팔구 도망가기 바쁘다.

하지만 『어린 왕자』의 사막여우가 사람을 두려워하지 않고 잘 따른다고 해서 키울 수는 없다. 멸종 위기 동물로 지정되어 있어 개인이 기르는 것은 불법이기 때문이다. 따라서 사막여우를 길들일 수는 있겠지만 반려 동물로 삼는 것은 우리나라에선 불가능하다.

알제리의 사막여우들

사막여우는 서쪽 모로코부터 동쪽 이집트까지 사하라 사막에 넓게 서식한다. 주로 작은 설치류, 도마뱀, 작은 새나 알을 먹고 종종 잎이나 열매 같은 것도 먹는데 그 외에도 닭도 먹을 수 있다. (작품 속에서는 사람들이 기르는 닭을 좋아한다고 되어 있다.) 참고로 사하라 사막에서 기를 수 있는 가축은 매우 한정적인데, 물이 그나마 덜 필요한 낙타, 염소, 양이 주인공이다. 물론 알제리 같은 일부 지역에서는 닭을 기르기도 한다. 작품 속 사막여우는 북아프리카에서 서식할 것으로 추측되는데, 확실하지는 않지만 가능성이 가장 높은 곳은 알제리가 아닐까 생각한다.

참고로 작가가 프랑스 출신인데 알제리는 과거 프랑스의 식민지였다. 그리고 알제리를 대표하는 동물이 사막여우이며 (알제리 축구 국가대표팀은 '사막의 여우들Les Fennecs'로 불리기도 한다.) 이런 여러 상징성을 고려해본다면 알제리 출신일 확률이 높아 보인다.

다시 쓰는 미운 아기 오리의 엔딩

안데르센의 동화 『미운 아기 오리』에 나오는 오리는 원래 백조다. 그리고 자신들과 다르게 생겼다며 어미와 형제 오리들로부터 따돌림을 당한다. 여기에서 탈출하고 나서도 기러기, 고양이, 암탉, 노파 등으로부터 모진 따돌림을 받다가, 백조로 성장한 후 우연히 만난 백조 무리와 같이 살아간다.

이 동화를 읽고 느낀 것은 자신과 외형이 비슷하면 아름다운 것으로, 다르면 못생기고 추하다고 여긴다는 점이었다. 어쨌거나 이 작품에는 현실과 상당히 다른 점이 많았는데, 미운 아기 오리는 실제로 어떻게 살아갈지 세 가지 시나리오를

써보았다.

조금 비극적인 결말

　　　　　　　먼저 아기 오리의 위기는 태어나는 순간
부터 찾아올 것이다. 작품을 보면 아기 오리는 다른 형제들보
다 훨씬 늦게 부화했다고 나와 있는데, 어미의 경우 자기 자식
을 안전하게 키우기 위해 너무 늦게 태어나거나 유전 혹은 건
강상으로 문제가 있어 보이는 알은 버리고 가기도 한다. 그래
서 아기 오리의 경우 어미가 인내심이 없다면 부화하자마자
버림받아 생명이 위태로웠을 것이다.

　알이 하나하나 갈라지기 시작하면서 아기 오리들이 부화
한다. 그러나 한참이 지나도록 부화하지 않은 알을 보고 어미
는 뭔가 문제가 생겼을 것이라 생각하여 먼저 태어난 아기들
과 떠나버린다. 그렇게 미운 아기 오리는 쓸쓸하게 혼자 태어
나고, 아무도 돌보지 않아 죽고 만다.

조금 훈훈한 결말

두 번째 시나리오는 가장 현실성 있고 훈훈한 내용이다. 다행히 어미 오리의 인내심이 많은 설정이다. 일반적으로 오리는 자기 새끼들을 보호하려는 경향이 아주 강해서, 항상 새끼들의 주변을 지키면서 외부의 적에 맞서 싸운다.

아기 오리가 태어났을 때, 어미 오리는 이 아이가 다른 자식들과 다르게 생겼다는 것을 알아챈다. 그러나 자신을 따르는 이 아이에게 애정을 느끼고, 성장할 때까지 돌보기로 마음먹는다. 자신이 누군지 모르는 아기 오리는 어미의 헌신적인 보살핌과 형제들과의 우애 속에서 성장한다. 다른 형제들보다 압도적으로 빨리 크는 아기 오리는 자신의 모습을 볼 일이 거의 없기 때문에 옆에 있는 어미와 오리 형제들을 보며 본인도 오리인 것으로 알고 자란다.

때가 되어 독립할 시기가 찾아오자 다른 형제들과 마찬가지로 독립한 아기 오리는 짝짓기 계절을 맞이한다. 워낙 별난 외모 때문에 암컷들에게 선택받지 못하던 아기 오리는 우연히 마주친 암컷 백조와 사랑에 빠져 백년해로한다.

조금 속 시원한 결말

유럽에 사는 혹고니^{Mute swan}는 이 작품의 모티브이다. 여기에서 원작과 완전히 다른 버전으로도 각색이 가능할 것 같다. 중요한 각색 포인트는 바로 백조의 공격성이다. 백조에게는 굉장히 공격적인 모습이 있는데, 자신의 영역을 지키려는 성향이 매우 강하기 때문이다. 크기도 다른 조류들에 비해 압도적으로 크다. 무게는 10킬로그램이지만 크기는 1미터가 훨씬 넘으며, 날개를 펼치면 길이는 2.5미터에 육박한다. (이 정도면 고양이나 여우보다 더 크다!) 아마 실제로 보면 독수리 같은 느낌도 들 수도 있다. 그래서 백조가 다 성장한 후에는 정말 드물게 공격하는 맹금류를 제외하면 천적은 존재하지 않는다.

작품에서는 기러기, 암탉, 고양이가 아기 오리를 괴롭힌다. 만약 따돌림을 받은 아기 오리가 아주 공격적인 백조로 성장하고, 지금까지 자신을 괴롭혔던 존재들에게 앙심을 품어 복수를 한다면 어떨까?

　무수한 고난과 역경을 겪은 아기 오리는 장성했지만 과거에 받았던 모진 따돌림과 면박을 모두 기억하고 있다. 그런 나머지 아기 오리는 아주 공격적인 백조로 성장하고 말았다. 자신이 굉장히 크고 강해졌음을 알게 된 아기 오리는 이들에게 복수하기로 마음먹는다. 첫 타자는 고양이와 암탉이다. 아기 오리는 기억을 더듬으며 고양이와 암탉이 있는 곳으로 날아간다. 자고 있는 둘을 보며 예전의 기억을 상기하면서 활강한 아기 오리는 있는 힘껏 이들을 공격한다. 고양이와 암탉은 난데없는 공격 때문에 혼비백산하며 달아난다.

　아기 오리는 도망치는 고양이와 암탉을 보며 통쾌함을 느끼고, 자신이 예전에 여기 있었던 작은 오리였다는 사실을 밝힌다. 이에 충격받은 고양이와 암탉은 다시는 따돌리지 않기로 결심하며 아기 오리가 날아가기 전까지 벌벌 떨면서 마당에 숨는다.

　아기 오리는 이내 흥미가 떨어졌는지 자신을 이렇게 악마로 만든 근원인 오리 농장을 찾아가기로 한다. 그런데 그곳에서 형제들이 자신의 몸집보다 3분의 1도 채 되지 않은 걸 발견한다. 자신감을 얻은 아기 오리는 자신을 모질게 따돌린 어미와 형제 오리들을 공격한다. 갑자기 자신보다 세 배는 더 큰 새가 공격해오자 오리들은 두려움에 떨면서 도망치는데, 비행 능력조차 상대가 되지 않아 계속 잡힐 뿐이다. 영문 모를 공격에 당황하는 이들에게 아기 오리는 자신이 예전에 있었던 회색 아기 오리였다고 밝히고, 농장에 있는 오리들은 모두 충격을 받는다. 이들은 과거 행동을 모두 사과하고 뉘우친다는 말을 수십 번이나 하고 나서야 이 공격적인 아기 오리를 겨우 진정시킬 수 있었다. 조금 마음이 누그러진 아기 오리는 자신의 삶을 찾아 다시 날아간다.

이 중 가장 현실성이 높은 시나리오는 두 번째다. 오리와 백조 모두 '윈윈' 할 수 있기 때문이다. 동물 역시 자신과 겉모습이 다르다면 따돌릴 것이라고 생각한 작가의 의도와 달리, 의외로 동물들은 따뜻한 마음씨를 지녔다. 가장 공격적이고 배타적인 것은 오히려 사람이지 않을까.

이 시대 노동자를 대변하는 개, 파트라슈

　　『플랜더스의 개』는 우유팔이로 생계를 유지하는 가난한 소년 넬로와 그 곁에 있는 나이 든 개 파트라슈의 우정을 담은 동화다. 넬로는 전 주인으로부터 혹사당하고 버림받은 파트라슈와 살게 되고, 파트라슈도 우유 수레를 끌며 가족이 된다. 화가를 꿈꾸었지만 이루지 못한 넬로는 결국 크리스마스 이브에 파트라슈와 함께 싸늘하게 얼어 죽는다. 이를 원작으로 일본 후지TV에서 동명의 애니메이션을 만들었고, 현재 우리가 흔히 아는 파트라슈의 이미지가 이때 만들어졌다.

세인트 버나드

부비에 데 플랑드르

원래는 아키타견이 아니다

파트라슈가 어떤 견종인지는 의견이 분분하다. 원작에 따르면 파트라슈는 사람만 한 몸집에 주름진 이마, 쫑긋한 귀, 황색 털을 가지고 있다고 되어 있다. 이 묘사에 가장 어울리는 종은 세인트 버나드이다. 하지만 이 작품의 배경이 벨기에였다는 점을 생각해보면, '부비에 데 플랑드르 bouvier des flandres'가 더 어울린다.

부비에 데 플랑드르는 벨기에와 프랑스의 국경에서 소나 양떼를 몰던 종으로, 체고는 60센티미터, 무게는 40킬로그램이 넘는 초대형견이다. 충성심이 강해 주인의 말을 잘 따르고, 활동량이 뛰어나 목장견에 알맞은 조건을 가지고 있다. 털색은 황색에서 회색까지 다양하지만 대부분 회색 털을 가지고 있다.

다만 원작 동화가 아닌 애니메이션에 나오는 파트라슈의 경우 부비에 데 플랑드르와 매우 거리가 먼 외형이다. 시바나 아키타와 비슷한데, 내가 보기엔 아키타에 가깝지만 두 종이 섞인 모습이다. 아마 당시 제작사 측에서 원작이 일본의 정서와 맞지 않아 파트라슈의 외형을 수정한 것이 아닌가 싶다.

강아지의 귀는 여러 이유로 다듬는다. 외이도를 인위적으로 잘라내 귀가 똑바로 서게 하는 것을 '단이 Ear trimming'라고 하는데, 가장 큰 이유는 귀가 털로 덮여 있을 경우 외이염에 걸릴 확률이 높기 때문이다. 이 밖에도 외관상 예쁘지 않아서, 일을 하기에 거추장스러워 다듬기도 한다. 부비에 데 플랑드르의 귀가 대부분 처진 반면 원작 속 파트라슈의 귀는 위로 쫑긋 솟아 있다. 따라서 파트라슈의 귀는 노동을 위해 인위적으로 다듬어졌을 확률이 높다.

비록 동화 속 이야기이지만, 지구상에서 파트라슈만큼 일을 잘하는 개도 없었을 것이다. 옛날부터 대형견은 썰매나 짐을 끄는 일을 하는 역할을 해왔다. 파트라슈 역시 우유 수레를 끌었는데, 여러 마리가 함께해야 할 일을 혼자서 해온 걸 보면 다른 개보다 체력이 훨씬 강했을 것이다. 넬로가 핍박받고 있던 파트라슈를 구출한 것은 사실이지만, 그 무거운 우유 수레를 혼자 끌게 한 것으로 보아 넬로 역시 파트라슈에게 가혹한 (?) 면이 있지는 않았을까.

대형견은 소형견보다 수명이 짧다. 아직 이 이유에 대해 정확하게 밝혀진 바는 없지만, 소형견에 비해 더 빠른 속도로 성장하므로 그만큼 신진대사가 활발하고, 에너지 소비가 큰 만큼 빨리 늙는다는 것이 유력한 가설이다. 원작에서 파트라슈의 나이는 대략 15세. 사람의 나이로 환산했을 때 무려 114세가 된다. 무슨 질환이든 최소한 하나 이상은 무조건 가지고 있을 정도의 노령이다. 파트라슈가 길고 촘촘하게 난 털 덕분에 추위에 매우 강한 편임에도 마지막에 추위로 무지개다리를 건넌 것도 이 영향이 아니었을까 싶다.

만약 파트라슈가 조금 더 젊었다면? 어렵지 않게 추위를 이겨내고 쓰러진 넬로를 마을 사람들에게 데려가 도움을 요청했을 수도 있다. 덕분에 살게 된 넬로는 자신의 작품을 뒤늦게 인정받아 유명한 화가가 되었을 수도 있었을 것이다.

캐릭터 속 멸종 위기 동물들에게

국제자연보전연맹IUCN에서는 동물을 개체 수에 따라 여러 등급으로 나누고 있다. 아예 존재하지 않는 절멸EX, Extinct, 야생에 존재하지 않는 야생 절멸EW, Extinct in the Wild, 심각한 멸종 위기 단계인 위급CR, Critically Endangered, 멸종 위기에 처한 위기EN, Endangered, 멸종 위기 가능성이 높은 취약 VU, Vulnerable, 보존 조치가 취해지지 않는다면 멸종 위험 단계에 이르는 준위협NT, Near Threatened 등으로 나뉜다. 실제 멸종 위기가 아닌 최소 관심LC, Least Concern은 빼기로 한다.

그렇다면 각 단계에는 어떤 동물들이 있을까? 야생 절멸 EW에는 북부흰코뿔소가 있다. 북부흰코뿔소는 아프리카에

북부흰코뿔소

서식했던 흰코뿔소의 아종으로 이 일대가 내전에 휩싸인 탓에 밀렵을 단속할 여력이 없어 거의 멸종한 케이스다.

　다음은 심각한 멸종 위기인 위급^{CR} 단계다. 여기에는 흔히 우파루파로 알려져 있는 아홀로틀, 오랑우탄이 포함되어 있으며 코로나 바이러스의 숙주로도 알려진 천산갑도 있다. 사실상 야생에서는 거의 절멸 상태로, 만약 키우는 우파루파가 사망한다면 이제 더 이상 우파루파를 들여올 방법은 없는 셈이다.

　그다음은 위기^{EN} 단계다. 여기부터는 코끼리, 레서판다,

아홀로틀

레서판다

침팬지, 호랑이 등 우리가 알 만한 동물들이 많이 있다. 아프리카코끼리로 추정되는 〈딩대〉의 낄희나 아기 덤보가 현실로 돌아간다면 상아를 가져가기 위한 밀렵꾼들과의 전쟁, 그리고 개체 수 급감으로 멸종 위기 상태인 셈이다. 〈혹성 탈출〉의 시저는 침팬지의 멸종 위기로 인해 영화 속 주인공이 될 수 없고, 우리나라를 상징하는 호랑이는 어쩌면 후대에는 고대 동물로 남을지도 모른다.

그다음은 취약^{VU} 단계다. 여기에는 흰올빼미, 백상아리, 치타, 기린, 쿼카, 판다, 하마 등이 포함되어 있다. 이 단계에 있는 동물들도 적절한 보호 조치가 없을 경우 멸종 위기 단계로 진행될 수 있다. 흰올빼미로 대표되는 〈해리포터〉의 헤드위그와 〈딩대〉의 뷩철 역시 이 단계다. 어릴 적 우리에게 엄청난 공포를 주었던 죠스는 설화처럼 전해져 내려올 것이다. 아기 상어 역시 현실이었다면 노래를 부를 틈도 없이 멸종이라는 벽에 부딪혀야 한다. 그뿐 아니라 치토스의 치타는 인간의 밀렵을 피해 생존에 몰두해야 하며, 쿵푸 판다는 서식지를 잃어 자손을 낳지 못할 것이다.

준위협^{NT} 단계는 지금 당장 위험하지는 않지만 조치를 취하지 않을 경우 멸종될 확률이 높다. 수달, 황제펭귄 등 여

죠스는 무서워하지 않아도 된다. 멸종 위기니까.

황제펭귄도 이제 고대 동물이 될 확률이 조금씩 높아지고 있다.

기에도 친숙한 동물이 속해 있다. 특히 황제펭귄은 최근에 등재되었는데 지구 온난화로 서식지가 파괴되어 개체 수가 위협받고 있다고 한다. 펭수나 핑구가 현실적으로 남극에서 살 수 있을지 불투명한 상황이다.

처음에는 가벼운 마음으로 시작한 캐릭터 분석이었지만, 캐릭터가 된 실제 동물들의 현실을 마주하고 보니 이대로 소비하는 데 그친 내가 부끄러웠다. 이들은 언제나 귀엽고 밝은 모습이지만, 그 뒤에 매우 냉혹한 현실을 품고 있었다. 더 안타까운 것은 이들을 위해 해줄 수 있는 것이 거의 없다는 점이다. 그저 '멸종 위기 동물'이 '멸종 동물'이 되어가는 과정을 지켜볼 수밖에 없다. 나는 내가 이들을 위해 조금이라도 할 수 있는 것이 무엇일지 고민했고, 하나의 방법을 생각해냈다. 바로 그림으로 이 사실을 알리는 것이었다.

NFT로 이들을 도울 수 있다면

　나는 내가 관심 있는 분야에 한정하여 트렌드를 챙겨본다. 주요 관심사는 스포츠이고, 가끔 경제 면을 살핀다. 그 와중에 눈에 들어온 분야가 하나 있었으니, 바로 NFT 시장이다.

　NFT^Non-fungible token는 '대체 불가능한 토큰'이라는 의미다. 미술품, 영상, 음원 등 고유성을 가진 물건을 블록체인 자산인 토큰을 통해 교환할 수 있는데, 이 시장에서는 대부분 미술품이 거래된다. 이때 창작자는 자신의 고유한 작품에 대해 인정받을 수 있다.

　〈Every days: The First 5000 days〉라는 작품은 비플^Beeple,

본명 마이크 윈켈만이라는 작가가 13년 동안 매일 그린 그림을 작품화한 것으로, 가격은 무려 780여 억 원이다. 이런 작품들이 적게는 수천만 원 많게는 수십, 수백 억 원에 이르는 가격에 팔리는 것을 대부분 이해하지 못할 것이다. (사실 나도 잘 이해되지는 않는다.) 하지만 이를 다르게 생각하면 이런 작품에 대한 가치를 높게 평가하는 사람들이 있다는 말이 된다. 또 작품을 그린 아티스트에게는 자신의 역량을 확인할 수 있는 기회가 된다. 이러한 시장 흐름을 재미있게 보고 있던 나는 멸종위기 동물들을 그린 뒤, 그림이 팔리면 그 수익금을 세계자연기금WWF에 기부하자고 마음먹었다.

그러나 막상 시작하려니 복잡한 것이 너무 많았다. 그림을 그리기 전에 우선 내 그림을 팔 시장을 정해야 했다. 가격을 받을 가상화폐도 정해야 했고, 가상 지갑도 필요했다. 도대체 지갑이 뭔지, 가상화폐를 사면 어떻게 그 지갑으로 전송해야 하는지, 과정을 이해하는 데에만 하루이틀이 소요된 것 같다. 우여곡절 끝에 오픈씨OpenSea라는 시장에서 내 그림을 경매에 붙였다.

처음으로 그린 동물은 북극곰이다. 북극해의 빙하가 녹아 서식지를 잃었지만 담담한 표정을 하고 있다. 좌측 위에 있는

북극곰

갈라파고스땅거북. 무분별한 어획으로 인해 현재는 취약 단계에 접어들었다. 그래서 거북이 바깥쪽으로 그물과 배를 그려 넣었고, 이름의 배경은 이 단계를 뜻하는 노란색으로 채웠다.

노란색은 멸종 위기 동물의 등급 색을 참고한 것이다. 멸종 위기 동물은 앞서 말했듯 그 위험도에 따라 여섯 단계로 나뉘는데, 색깔은 각각 검은색, 보라색, 빨간색, 주황색, 노란색, 초록색으로 나타낸다. 북극곰은 현재 취약^{VU} 단계로 그에 해당하는 노란색을 넣었다.

그림을 배운 적이 없는 데다 학창 시절부터 미술과는 아예 담을 쌓은 채 지내온 터라 최대한 간단하게 직선 위주로 그렸다. 그리고 이 그림을 한 달 정도 시장에 공개한 뒤 경매에 붙여보기로 했다. 그 사이 나는 더 많은 그림을 등록했고, 현재까지 여든다섯 개가 넘는 그림을 그렸다.

결과는 어떻게 되었을까? 처참한 실패였다. 좋아요 몇 개 받았을 뿐 누구도 관심을 가지지 않았다. 내가 실패한 데엔 분명 여러 가지 이유가 있겠지만, 가장 문제인 건 그림의 퀄리티일 것이다. 게다가 NFT 시장은 철저히 예술성이나 상품성으로만 접근하기 때문에 동물을 보호하자고 하는 그림에 돈을 지불할 의지가 없었다. 다시 말해 내 작품이 의미는 있을지 모르나 상품성은 없기 때문에 투자자의 관심을 끌지 못한 것이다.

이렇게 NFT를 통해 멸종 위기 동물을 도우려는 나의 꿈은 끝났다. 하지만 NFT만 실패했을 뿐이지 멸종 위기 동물들에 대한 관심을 불러일으키는 방법은 아직 많이 있다. 인스타그램 연재나 칼럼 기고 등 나에게 더 잘 맞는 방법을 통해 멸종 위기 동물에 대해 홍보하는 것이다.

이 도전을 통해 얻은 건 동물에 대해 관심이 없는 시장에 호소해봐야 소용이 없다는 것, 그러니 수요를 잘 예측하고 들어가야 한다는 것, 내가 잘하는 분야에 집중하는 것이 더 효율적이라는 점이다. 물론 후에 이 그림들을 구매하기 위한 연락이 올 수도 있지만 한동안 내 NFT 계정은 조용할 것이다.

일주일 정도 고민한 끝에 멸종 위기 동물을 도와주는 캐릭터를 직접 그리기로 마음먹고, 독구Doggu라는 가상의 캐릭터를 만들었다. 멸종 위기 동물과 환경보호에 관심이 많은 진돗개로 묘사했다. 그리고 나와 똑같은 수의사인 독구가 멸종 위기 동물들을 그려 사람들에게 홍보하고 도움을 요청하는 것을 기본 설정으로 잡았다. 여기에 더해 외국인들을 겨냥하여 인스타그램 계정을 만들고 NFT 판매를 위해 그렸던 그림들을 올렸다.

반응은 뜨겁지 않았지만, 댓글과 메시지로 응원해주는 사람들이 하나둘 생겼다. 이걸 보면서 내가 생각한 방식이 틀리지 않았음을 깨달았다. 여느 인플루언서처럼 수십, 수백만 명의 팔로워는 없더라도, 한 명 한 명 내가 그린 캐릭터를 통해 멸종 위기 동물과 병들어가는 이 땅에 대해 관심을 가진다면 그것만으로도 성공 아닐까? 이를 꿈꾸는 나는 오늘도 그림을 그린다.

2부

기억에서 벗어나지 않는 동물들

동물원에 간 수의사, 한국 편

　　어떤 미지의 존재가 우리에게 밥과 옷, 거주지, 의료 서비스를 평생 무상으로 제공해준다고 하자. 원한다면 좋아하는 사람과도 같이 살게 해준다고 한다. 노동을 할 필요도 없다. 단 조건이 있다. 평생 18평 아파트에서 지낼 것, 나갈 경우 사살당할 수 있다는 것이다. 과연 이 조건을 수용할 수 있는가? 아니, 선택권도 없이 강제로 수용되어야 한다면 어떤 느낌이 드는가? 자유를 박탈당했을 때의 그 느낌은 바로 절망감일 것이다. 우리는 팬데믹 시기 2주간의 자가 격리도 버티지 못하고 답답해했다. 이런 생활이 평생 계속된다면 어떤 느낌일까?

뜨거운 어느 여름날, 국내에서 동물을 가장 잘 살피는 곳 중 하나인 서울대공원 동물원에 간 적이 있다. 사실 난 동물원에 가는 것을 별로 좋아하지 않는다. 그곳 동물들은 자신들이 마땅히 누려야 할 자유를 침해받고 있기 때문이다. 단순히 인간의 재미를 위해서. 무엇보다, 제약을 받는 이들을 보면서 동시에 귀엽다고 느끼는 내 이중성 때문에 죄책감이 들었다.

　　평일 이른 아침이라 관람객은 나를 포함하여 다섯 명이었다. 서울대공원 입구와 동물원의 거리가 상당했기 때문에 운행하는 코끼리 열차를 타기로 결정했다. 모두 동물에 대한 애정이 넘치는 모험가 같았다. 아직 인파가 몰릴 시간이 아니라 관람에 더 집중할 수 있어 그런지 열차를 타는 뒷모습들에 설렘이 가득했다.

　　동물원으로 입장하니 거대한 호랑이 조형물이 우리를 맞이했다. 과연 여기에 있는 실제 호랑이는 정말 저 조형물처럼 늠름한 기상으로 우리를 맞이할 수 있을까. 나는 자유를 박탈당한 생명들이 분명 우울하고 강박적인 행동을 보일 것이라고 확신했기 때문에 이런 위풍당당한 모습은 전혀 기대하지 않았다.

　　가장 처음 본 건 얼룩말이었다. 당연히 불행할 것이라 생각했던 것과 달리 얼룩말들은 평온했다. 스트레스로 인한 강박 증세나 아픈 곳도 없어 보였다. 오히려 먹을거리가 풍부하고 포식자로부터 안전한 환경에 만족하는 듯 보였다. 얼룩말은 겁이 많은 동물인데 사람을 워낙 많이 마주쳐서인지 나를 봐도 내가 뭘 하는지 궁금한 눈을 할 뿐이었다. 이어서 미어캣과 사막여우 쪽으로 갔다. 사막여우들은 지루한 것인지 졸린 것인지 햇볕을 쬐며 누워 있었고, 미어캣들은 땅을 파며 놀고 있었다. 확실히 사막여우는 더위에 적응하기 위해 귀가 컸는데 거의 얼굴만 한 크기였다.

그다음은 대형 초식수인 코뿔소와 기린, 코끼리와 소였다. 코끼리는 새끼에게 물을 뿜어대며 장난을 쳤고 기린은 자신의 영역을 거닐면서 아침을 만끽하고 있었다. 다른 동물들보다 월등히 큰 덩치 때문에 답답할 수도 있었겠지만 지금 상황을 있는 그대로 즐기는 듯했다.

이번엔 겁이 많을 것 같은 동물들에게 갔다. 말, 낙타, 산양, 영양이었다. 확실히 초식류이다 보니 포식자를 경계하는 습관이 남아 있는 것 같았다. 식사 중이던 이들은 나를 예의주시하다가 내가 별다른 움직임을 보이지 않자 먹던 음식을 맛있게 먹어치웠다.

다음은 재규어와 표범. 그런데 계속 한자리를 맴도는 이상 행동을 보였다. 내가 예상한 동물원 속 동물의 모습이 처음으로 관찰된 순간이었다. 건강 검진을 하러 간 친구를 기다리는 것인지 아니면 바깥세상을 갈망하는 것인지 혹은 밥을 기다리는 것인지 정확한 이유는 알 수 없었지만, 지금 처한 상황이 불편한 것은 확실했다.

다음은 사자와 호랑이였다. 갈기를 뽐내며 늠름하게 돌아다니는 사자를 기대했지만 야행성이다 보니 잠을 자고 있었다. 안타까웠던 것은 점박이 하이에나였는데, 재규어와 표범처럼 자유를 원하는지 하염없이 밖만 쳐다보고 있었다.

다음은 조류 친구들이었다. 분명 새장은 이들의 활동 반경을 굉장히 축소시키는 곳인데 생각보다 평온하게 잘 있었다. 체념을 한 것일까? 특히 공작새는 내가 바로 옆을 지나가도 도망치지 않고 오히려 나와 발을 맞추며 걸었다.

겁 많은 걸로 둘째가면 서러울 사슴들도 봤다. 이들은 전반적으로 내 행동을 예의 주시했는데, 호기심으로 본 것인지 경계한다고 본 것인지는 모르겠다. 그러나 이 환경이 썩 나쁘지 않은 듯 신나게 밥을 먹고는 바닥에 누워 휴식을 청했다. 아쉽게도 우리나라의 종 보존을 위한 토종동물번식센터는 닫혀 있는 관계로 들어가보지 못했다.

초식 동물의 경우 대체로 내가 생각하는 것보다 훨씬 안정된 모습이었다. 아마 포식자로부터 안전하고 먹이도 충분히 있어 그런 듯했다. 그러나 육식 동물의 경우 다소 불안정하거나 자유를 갈망하는 모습을 보였다. 아무래도 야생에서처럼 다른 생물을 잡아먹으며 사는 생활을 하지 못해 그럴 것이다.

사실 나는 동물원에 있는 모든 동물이 불안과 강박 증세를 가지고 있을 줄 알았다. 그러나 그건 착각이었다. 물론 동물원 직원분들과 수의사 선생님이 동물들의 복지와 건강을 위해 다른 동물원보다 최선을 다한 이유도 있을 것이다. 실제로 아침부터 직원들은 동물원을 정리하느라 바빠 보였고 관리는 굉장히 잘 되어 있었다. 아마 다른 열악한 동물원이었다면 더 많은 강박 증세를 볼 수 있었을지도 모른다.

동물원에 간 수의사, 싱가포르 편

       이듬해 여름, 싱가포르에 갈 기회가 생겼다. 싱가포르에서 유명한 곳을 찾아보니 동물원이 있었다. 전에 가본 서울대공원 동물원과는 어떤 차이가 있을지 궁금하기도 했고, 그곳에서 동물들은 어떻게 살고 있는지 알고 싶었다. 그래서 하루를 통으로 비워 집중 탐방하기로 했다.

    우여곡절 끝에 도착한 싱가포르 동물원은 지금까지 방문한 여러 동물원과는 많이 달랐다. 곳곳에는 개울이 흘렀고 향긋한 나무 냄새가 났다. 어찌나 나무가 빽빽한지 동물이 잘 보이지도 않을 정도였다. 여기가 숲인지 동물원인지 헷갈릴 정도로 그곳 자체가 거대한 숲이었다.

동물들은 자유롭게 돌아다녔다. 원숭이들이 내 가방을 툭 치고 도망갔고 머리 바로 위로 새가 날아다녔다. 옆 나무에 있는 박쥐와 눈이 마주치기도 했다. 악어가 있는 곳은 본래 살던 곳과 거의 흡사할 만큼 습지가 잘 조성되어 있었다. 사자와 호랑이, 재규어 같은 육식 동물들은 더위를 피해 그늘에서 잠을 자기 바빴다. 평일 낮에 방문했음에도 많은 직원들이 문제가 없는지 동물을 지속적으로 살펴보고 동물원을 관리하는 게 눈에 띄었다.

적도 부근에 있어 숲이 울창하게 발달할 수 있는 환경, 동물권에 대한 싱가포르 정부의 높은 관심과 철학이 느껴져서 이곳을 둘러보며 한편으로는 부러운 마음도 들었다. 당장 동물원을 없앨 수 없다면 그곳을 최대한 동물에게 맞는 환경을 조성하는 것이 방법 아닐까. 전 세계에 있는 모든 동물원이 이러한 기능을 하게 된다면 멸종을 막진 못하더라도 늦출 수 있지 않을까 싶다. 또 동물원이 멸종 위기 동물들의 임시 보호처가 되어주는 것도 방법이다.

시간이 없어 바로 옆에 있는 나이트 사파리에는 방문하지는 못했다. 그곳에는 2,500마리가 넘는 야행성 동물들이 있는데 그중 40퍼센트가 멸종 위기 동물이라고 한다.

모든 동물원은 동물 복지와 동물권으로부터 완전히 자유롭지 못하다. 동물원은 동물들이 기본적으로 누려야 할 권리들을 명백히 침해하고 있다. 동물들은 인간이 만든 울타리에서 인간이 제공하는 안위에 만족하며 살지만, 일부는 그곳에서 자유를 갈망하며 고통받고 있다. 인간들은 동물을 보며 즐거워한다. 그러나 우리가 이대로 즐거워만 하는 이상 동물원은 사라지지 않을 것이다.

지구에 소와 돼지와 닭만 남는다면

        판다, 침팬지, 사자, 기린, 치타… 이 동물들의 공통점은 무엇일까? 바로 멸종 위기에 처했다는 사실이다. 인류가 지구에 생기기 전에는 동물들이 멸종하는 이유는 전 지구적인 자연 재해나 생존 경쟁에서 밀린 경우였다. 그러나 인간이 등장한 이후로는 대부분 이 손에 의해서 동물들이 멸종한다. 인간은 더 많은 서식지가 필요한 만큼 자연을 파괴하고, 갈 곳 잃은 동물들은 결국 멸종 위기에 몰리게 되었다. 그러나 사실 우리 인간에게도 나름대로 이유가 있다. 인구가 폭발하는데 주택 공급은 턱없이 부족하다면 (땅을 재개발하는 등의 방법도 있지만) 새로운 땅을 개척하여 주거 공간을 만드는 방법밖에는 없다. 사실 나도 마찬가지지만 동물 때문에 내가 살 집을 잃으니 동물의 땅을 욕심내더라도 내 집을 가지는 게 낫다는 것이 대부분의 인식이다.

인간은 이익이 된다고 생각하면 지구 어디든 간다. 그렇게 무고한 생명체들을 몰살시켜온 우리는 심각성을 감지했고, 멸종 위기 동물들을 보호한 단체를 조직하고 법을 만들었다. 하지만 일부는 효과를 거두고 있으나 멸종을 완전히 막지는 못했다. 음지에서는 여전히 불법 사냥이 자행되기 때문이다.

우리는 왜 우리가 살 집도 부족한데 법을 제정하면서까지 멸종 위기 동물을 보호해야 할까? 우선 먹이사슬 유지가 있다. 생태계가 깨지게 되면 다른 생명체까지 연쇄적으로 영향을 받아 위험할 수도 있다. 만약 사자가 멸종한다면 사자의 먹이가 되었던 여러 초식 동물이 번성한다. 그럼 그 초식 동물들이 먹는 풀들이 사라지고, 결국 그 땅은 황폐화되어 기존의 초식 동물도 존폐 위기에 놓이게 되는 것이다. 사자를 대신할 다른 개체가 있지 않느냐 묻는다면 할 말은 없다. 그러나 한 가지 확실한 건, 사자의 먹이가 되는 생명체의 급증을 막을 수 없다는 사실이다. 이처럼 멸종 위기 동물을 보호하지 않을 경우 생태계에 영향을 끼칠 수 있다. 그렇게 되면 환경이 급변하게 되고 특정 개체군이 급감하면서 연쇄적인 멸종에 이른다.

그런데 우리는 생태계가 어떻게 되든 당장 실생활에 직접적인 타격이 없기 때문에 크게 와닿지 않는다. 대신 혹할 만한 다른 이유에 관심을 가진다. 생명체가 우리에게 경제적인 이득이 될 수 있다는 점이다. 우리는 곰팡이를 통해 페니실린을 고안했고, 거미에게서 나온 실을 연구하여 최첨단 섬유를 만들었다. 그러나 이 방법은 너무 이상적이기만 하다. 멸종 위기 동물로 연구하는 게 힘들기도 하거니와 이러한 연구가 성과가 나기까지는 오랜 시간이 필요하기 때문이다.

이들을 보호하지 않으면 결국 마지막에 멸종될 생명체는 우리 인간이다. 18세기에 있었던 아일랜드 대기근을 예로 들어보자. 당시 아일랜드는 먹을 것이 없는 매우 가난한 섬이었다. 날씨는 변덕스럽고 그나마 수확되는 작물은 영국이 수탈해갔다. 아일랜드인이 먹을 수 있는 것은 그나마 값이 싸고 기후를 잘 견디며 자란 감자밖에 없었다. 그런데 당시 유럽에 퍼지기 시작한 감자 역병균이 아일랜드에도 들이닥쳤다. 감자 외에도 밀, 보리 등 다양한 작물을 재배해온 다른 나라들은 그럭저럭 넘겼지만 아일랜드는 인구 대부분이 기근에 노출되었고, 결국 800만 명이었던 아일랜드의 인구수는 25퍼센트가 감소했나. 그 때문인지 지금도 아일랜드 인구수는 800만 명을 회복하지 못하고 있다.

물론 아일랜드 대기근의 원인은 기후와 역사적 사실 등이 다양하게 얽혀 있지만, 종 다양성이 인류 생존에 얼마나 중요한지 보여주는 사건이다. 극단적으로 지구에 소와 돼지, 닭만이 남았다고 상상해보자. 당장 먹고사는 데는 큰 문제가 없다. 그런데 어느 날 소는 구제역에, 돼지는 돼지 열병에, 닭은 조류 독감에 걸려 모두 폐사하게 되었다고 하자. 이를 대신할 동물들은 존재하지 않는다. 그렇다면 결론은 하나다. 인류의 멸종.

물론 종자를 보호하는 연구소가 있어 생명 다양성이 쉽게 깨지지는 않을 것이다. 하지만 멸종 위기 동물을 보호해야 하는 이유는 바로 우리 인간을 위해서다. 경제적인 이익을 다 떠나서 이들을 보호하지 않는다면 멸종 위기가 아니었던 동물이 위기 동물로 새롭게 등재될 것이고, 멸종이라는 마지막 칼날은 우리에게 들이닥칠 것이다. 결국 인류는 식량으로 인해 남는 자가 없을 때까지 전쟁을 벌일 것이다.

다행히 지금은 수달이 하천에서 종종 발견되고, 반달가슴곰 역시 종종 등산객과 마주칠 정도로 개체 수가 증가했다. 그만큼 멸종 위기 동물에 대한 우리의 관심이 증가하고 있고, 그

노력이 조금씩 결실을 맺고 있다고 볼 수 있다. 하지만 우리나라뿐 아니라 전 세계가 지금보다 더 노력해야 한다. 무분별한 남획과 불법 사냥 금지, 그물 회수 등 전방위적인 노력이 필요하다.

장마와 길고양이

    나는 비를 굉장히 싫어한다. 그런데 거의 '레인 메이커' 수준이라 밖에서 놀 때면 항상 비가 왔고, 여름 휴가를 가도 2~3일 중 최소 하루는 비가 왔다. 코로나19가 한국에 처음 들어온 2020년, 하루가 멀다 하고 비가 내린 그해에 나는 수의장교로 군 복무를 하고 있었다. 폭우가 쏟아지고 태풍이 몰아치던 어느 여름 날, 사무실 밖에서 고양이 우는 소리가 들렸다. 병사들과 같이 밖에 나가보니 홀딱 젖은 길고양이 세 마리가 있었다. 삼색이, 회색이, 치즈였다.

    그중 회색이는 태어난 지 2개월도 채 안 되어 보였는데 많이 추운지 온몸을 떨고 있었고, 옆에는 회색이의 어미로 보이는 삼색이가 울고 있었다. (고양이는 부탁하거나 필요한 게 생겼을 때 높은 울음소리를 낸다.) 회색이는 다행히 추워하는 것 말고는 다른 문제는 보이지 않았지만 워낙 힘이 없어 내가 붙잡는데도 전혀 반항하지 않았다. 우선 아이를 진정시키고 체온을 높이기 위해 캐비닛 속으로 옮겼다. 30여 분이 지나고 안을 들여다보니 어느 정도 기력을 회복한 것 같아 츄르와 건사료를 조금 줬다. 처음에는 먹지 않다가 어미 삼색이가 먼저 먹으니 그제서야 폭풍 흡입하기 시작했다. 삼색이는 아이가 체하지 않도록 큰 건사료를 이빨로 반으로 쪼개어 나누어주었다. 그 옆에 있던 치즈는 자기 동생이 아픈 건 관심이 없는지 내가 준 사료를 순식간에 먹어치우고는 더 달라고 칭얼거렸다. 차츰 기운을 되찾은 회색이는 사무실 이곳저곳을 돌아다니며 여기가 어떤 공간인지 스스로 학습했다. 그 뒤를 삼색이가 따라다녔다.

소동은 그렇게 지나가나 싶었다. 그러나 이틀 정도 지났을까, 회색이의 컨디션은 완벽히 돌아왔으나 이번에는 삼색이와 치즈에게 문제가 생겼다. 삼색이는 눈 주변이 붓고 눈곱이 많이 나오기 시작했고, 치즈는 기침을 하면 코에서 피가 나왔다. 장마를 겪은 아이들의 면역력이 저하되면서 삼차신경절에 잠

복해 있던 헤르페스바이러스기 기승을 부린 듯했다.

새끼 고양이가 헤르페스에 걸려 적절한 치료를 받지 못하면 상당히 위험하지만, 면역력이 충분히 있는 성묘의 경우 다시 날씨가 건조해지고 충분한 영양을 섭취하면 자연스레 회복되는 경우가 많다.

그 외에도 떨어진 면역력으로 인해 피부의 방어력이 약해지면서 고양이들의 피부에 존재하던 진균(곰팡이)이나 세균들이 힘을 얻으면서 원형 탈모도 생겨난다. 이런 경우 항진균제와 항생제를 처방할 수도 있지만 시간이 지나면서 자연스레 회복되는 경우가 많다. 그러나 자연 치유가 되는 동안 따갑거나 가려운 증상이 나타날 수도 있는데 그 가려움을 참지 못하고 지속적으로 긁을 경우 더 심한 상처로 번질 수 있다. 안전하고 건조한 장소에서 충분한 영양을 보충한 세 아이들은 시간이 지나자 모두 무사히 예전 건강 상태로 되돌아왔다. 그리고 회색이는 내가 전역을 하기 전까지 아주 잘 건강히 잘 지냈다.

장마는 가뭄을 해결하지만 길고양이들의 면역력을 낮추기도 한다. (이는 집고양이도 마찬가지다. 많은 아이들이 장마철 직후 피부 트러블로 나에게 찾아온다.) 그래서 나는 장마철이 되면 이때의 기억이 나서 마냥 편하지만은 않다. 이상 기후로 인해 앞으로 우리나라의 강수량이 더 많아지고 태풍의 위력도 강해진다는데, 이런 환경에서 아이들이 적응을 잘할 수 있을지 걱정된다.

몇 달 동안 앞발을 쓸고 다닌 초롱이

추운 겨울밤, 한 환자가 왔다. 중성화된 한 살 길고양이 '초롱이'였다. 식욕이나 기력 면에서 특이 사항은 없었지만 몇 달 동안 왼쪽 앞발을 계속 쓸고 다녀 보행이 어려웠다. 좀 더 자세한 파악을 위해 아이를 구조한 단체에 전화를 했다. 다리를 못 쓰게 된 이유는 정확히 알 수 없지만, 당시 결빙 방지를 위해 뿌린 염화칼슘으로 상처에 염증이 크게 생긴 것 같다고 했다. 초롱이를 길에서 돌봐주던 분이 항생제를 먹였지만 차도가 없다고 했다.

아이를 꺼낼 차례. 긴장되는 순간이었다. 병원을 처음 방문하는 길고양이는 두려움이 굉장히 커서 공격적인 반응을 보인다. 깨물고 할퀴는 건 물론이고 아주 빠른 속도로 병원을 쏘다니기도 한다. 장갑과 담요를 이용해 아이를 꺼내자 다행히 할퀴거나 펀치를 날리지는 않았지만 힘이 너무 좋아 이리저리 도망치려고 했다. 겨우 보정한 뒤 문제의 왼쪽 앞발 상태를 보았다. 힘없이 축 늘어진 발은 전반적으로 부어 있었다. 신경도 손상됐는지 세게 꼬집어도 통증을 느끼지 못했다. 다리를 끌고 다니는 동안 통증이 컸을 텐데 그 증세가 너무 심해져 아픔마저 못 느끼는 상황이 된 것이다.

그나마 다행히 혈액은 잘 통하고 있어 괴사 단계까지는 가지 않았다. 혈액 검사상에서도 문제가 될 만한 점은 없었다. 하지만 엑스레이를 찍어보니 골절이 명확하게 보이진 않았으나 문제가 되는 부분에 염증이 심했고 연부 조직도 심하게 부어 있었다. 돌봐줄 보호자가 없어 입원시킨 뒤 항생제를 투여하고 드레싱을 하기로 했다. 고난이도 외과 수술이 필요해 담당 원장님과 상의를 했으나 아이의 피부가 워낙 안 좋은 상태였기에 당장 수술을 할 순 없었다.

병원에 처음 입원한 길고양이는 바뀐 환경과 낯선 사람에 대한 경계심이 심해져 소변을 잘 보지 않고 밥도 잘 먹지 않는다. 만약 소변을 이틀 이상 보지 않을 경우 자칫 방광이 터져

복강에 오줌이 저류하는 '요복'이 생길 수 있는데, 이는 체내에 심한 염증 반응을 일으켜 생명이 위험해질 수 있다. 또 고양이는 강아지와는 달리 이틀 이상 밥을 먹지 않을 경우 지방간이 생겨 상태가 더 악화될 수 있다. 다행히 초롱이는 다음 날부터 사료도 잘 먹고 소변도 스스로 잘 봤다.

시간이 지나면서 초롱이는 병원 생활에 잘 적응했다. 밥은 건식과 습식 가리지 않고 잘 먹었고 대소변도 잘 가렸다. 워낙 귀엽게 생긴 아이인지라 많은 선생님들의 사랑을 받고 츄르도 엄청 얻어먹었다. 경계심은 심했지만 선생님들이 해주는 여러 처치들도 저항하지 않고 잘 받았다. 앞발 상태도 좋아졌다. 부종도 많이 가라앉았고 창백했던 조직의 색도 조금씩 선홍색으로 돌아오고 있었다. 다만 여전히 왼쪽 앞발은 쓰지 못했고 감각도 잘 느끼지 못했다. 그런데, 나만 보면 '펀치'를 날렸다. 다른 선생님들이 만지는 건 약간의 경계심은 있었어도 순순히 잘 받아주었으면서, 어째 나만 싫어하는 것 같은 느낌이 들었다. 왜 내가 주치의인 고양이 환자들은 나를 안 좋아하는 걸까. 내가 계속 입원장에 놀러가서 부담스러웠던 걸까.

초롱이가 입원한 지 2주 정도 되던 날, 초롱이를 길에서 돌보던 분이 찾아왔다. 정말 큰마음을 먹고 초롱이를 식구로 받아들이기로 했다고 한다. 초롱이의 상태에 대해 설명드리고 면회를 시켜드렸다. 초롱이는 자신을 돌봐준 선량한 사람을 기억하듯 보호자가 될 분이 가까이 오자 야옹 하며 반가워했다. 퇴원일은 염증이 거의 다 잡힌 시점으로 정하기로 했다.

보호자가 떠난 후로도 초롱이는 다친 발을 쓰지는 못했다. 다만 조금씩 조금씩 염증은 가라앉아 한 달 정도 후 나는 초롱이가 퇴원해도 괜찮을 것 같다고 전했다. 그 사이 초롱이는 나를 제외한 모든 선생님들에게 경계가 허물어졌다. 초롱이는 붕대 때문에 핥을 염려도 없고 자신의 상처에 큰 관심도 없어 아주 얌전한 아이만 얻을 수 있는, 넥카라를 하지 않아도 되는 특권을 누렸다(원래 이러면 안 된다). 욕심 같아서는 다리를 쓸 수 있는 기적이라도 일어나길 바랐으나 결국 그렇게 되지는 못했다. 하지만 걷는 데는 크게 문제가 없으니 보조기구를 착용해 쓸리지만 않도록 도와주었다. 긴 입원 끝에 초롱이는 자신을 돌봐주던 보호자의 품으로 돌아갔다.

집고양이는 조금 다치더라도 보호자가 병원에 데려올 수 있지만, 길고양이는 운 좋게 구조되지 않는 이상 사실 사망하는 것이나 다름없다. 아마 초롱이도 구조되지 않고 길에서 생활을 이어나갔다면 1년 정도의 삶을 마치고 떠났을지도 모른다. 다행히 초롱이는 좋은 보호자를 만나 남은 묘생을 행복하게 보내게 되었다. 그런데 초롱이는 아직도 여전히 나를 싫어할까?

한쪽 다리보다 값진 사랑을 받은 치즈

　　오후 늦게까지 근무하던 초여름이었다. 퇴근이 30분 남았을 무렵 데스크에서 연락이 왔다. 교통사고를 당한 길고양이가 곧 도착한다는 내용이었다. 정확한 경위는 모르지만 사고를 당한 지는 2~3일 정도 되었고, 다리뼈가 노출될 정도로 상처가 심하다고 했다. 그것 외에는 특이 사항은 없으나 밥을 못 먹을 정도로 고통이 심해 보인다고 했다.

　　잠시 후 아이가 도착했다. 이름은 치즈, 두 살짜리 중성화하지 않은 수컷이었다. 서울예술고등학교의 마스코트로 사람을 아주 좋아했다. 자세한 사정을 들어야 했지만 우선 도착한 아이의 상태부터 파악해야 했다. 케이지 밖에서 본 치즈는 양호해 보였다. 뒷다리에 피가 묻어 있었지만 생각보다 잘 앉아 있었고, 보정할 때도 힘이 상당했다. 그런데 오른쪽 뒷다리를 보는 순간 나는 얼어붙고 말았다. 뼈가 바깥으로 드러나 있었고 피부뿐 아니라 근육까지 괴사되어 그 사이로 구더기가 증식하고 있었다. 엑스레이 결과 고관절도 탈구되어 있었다. 천만다행으로 혈액 검사에서는 특이 소견이 없었지만, 다리 절제가 불가피해 보였다. 그렇지 않으면 전신 감염이 우려되는 상황이었다. 물론 길고양이에게 다리가 없는 것은 사형선고나 다름없다는 것은 잘 알고 있었다. 또 내 판단으로 인해 치즈의 다리 하나가 없어진다는 것이 굉장히 마음 아팠다. 하지만 아이를 살리기 위해선 다른 선택지는 없었다. 생리 식염수로 한번 세척하는 과정에서 구더기 열 마리 정도가 나왔다. 붕대를 감아 추가적인 감염을 예방하는 것으로 이날의 처치를 마쳤다.

　다음 날 치즈는 힘이 없어 보였지만 수술을 못할 정도의 상태는 아니었다. 수술은 매우 성공적으로 끝났다. 마취 과정에서 체온과 심박 수, 혈압도 안정적이었다. 다리 하나는 없어졌지만 다행히 상태는 매우 평온했다. 다만 통증이 심한지 밥은 먹지 않았다. 그다음 날이 되자 더 빠르게 호전되었다. 밥도 잘 먹었고 대소변도 잘 봤다. 상처도 빠르게 아물고 활력도 좋아졌다. 그러는 사이 치즈가 살던 고등학교에서 후원금이 들어왔다. 아직 학생들이라 후원이 쉽지 않았을 텐데 치즈를 위해 전교생이 합심했다는 사실이 너무 기특했다.

그에 보답이라도 하듯 치즈는 하루가 다르게 몸 상태를 회복했고, 입원한 지 7일쯤 지나자 퇴원해도 괜찮을 정도가 되었다. 한쪽 다리가 없어졌지만 걷는 데는 지장이 없어 보였고 기분도 좋은지 사람들의 손길을 즐겼다. 밥은 어찌나 잘 먹는지 사료와 츄르를 주는 족족 먹어치웠다. 나는 양껏 먹으라고 건사료를 엄청 준 뒤 자율 급식으로 바꿨다. (물론 그 사료마저 얼마 지나지 않아 그릇만 남았을 정도로 식욕이 좋았다). 중간중간 츄르도 줬다. 그러자 병원에서만 체중이 500그램 이상 불었을 정도로 컨디션이 빠르게 회복되었다. 한번은 치즈를 구한 학생들이 면회를 왔는데, 아침에 밥을 많이 먹었음에도 학생들이 주는 간식을 허겁지겁 먹기도 했다.

다행히 임시 보호처가 정해지고 퇴원 날짜가 슬슬 다가오자, 치즈는 자신이 곧 이곳을 떠나는 걸 알았는지 계속해서 사람들의 손길을 찾았다. 입원장에서 울다가도 사람들의 무릎에 앉으면 조용해졌다. 그렇게 퇴원한 치즈는 현재 임시 보호자의 집에서 행복하게 지내고 있다.

　길고양이의 삶은 녹록지 않다. 교통사고에도 취약하다. 로드킬 당하는 경우도 많고 바로 죽지 않더라도 그 후유증으로 인해 죽는 경우도 많다. 아마 조금만 더 늦었다면 치즈는 전신 감염으로 인해 죽었을 것이다. 하지만 학생들의 도움으로 대신 건강을 되찾았다. 한쪽 다리는 잃었지만 말이다. 치즈가 좋은 보호자를 만나 남은 묘생을 행복하게 보냈으면 좋겠다.

길고양이가 된 집고양이 하비

　　더위가 시작되는 6월 말의 일요일이었
다. 오전까지 별다른 일이 없어 오늘은 평범한 주말인가 보다
하다가, 나이 추정 불가의 아비시니안이 기력 저하로 내원한
다는 전화가 왔다. 이름은 '하비'라고 했다. 그런데 문제는 이
아이가 집고양이가 아니라 길고양이였다. 아비니시안이 길에
서 발견되었다는 건 주인이 잃어버렸거나 유기된 상황일 가
능성이 컸다.

　　하비가 처음 왔을 때 나는 이미 숨을 거둔 줄 알았다. 사
지에 힘이 없고 축 늘어져 있었기 때문이다. 가까이 보고 나서
야 간신히 숨이 붙어 있음을 확인했다. 눈도 깜빡였고 심장도

뛰고 있었다. 그런데 수일을 먹지 못했는지 너무 말라 있었고 혈압이 잘 잡히지 않았다. 수액을 넣기 위해 혈관 라인을 잡는데 혈관이 너무 희미한 데다 혈압이 너무 낮아 피가 나오지도 않았다. 간신히 뽑아내 진행한 혈액 검사 결과는 더욱 충격이었다.

빈혈 수치가 정상 수치의 3분의 1도 되지 않았다. 당장 수혈이 필요했지만 수혈을 하더라도 사망할 가능성이 매우 높은 상황이었다. 방사선 검사 결과 심장도 굉장히 좋지 않았고, 신장을 비롯한 모든 장기가 당장 사망해도 이상하지 않을 상태였다. 검사 결과가 전반적으로 너무 좋지 않아 어떤 질병인지 진단도 쉽지 않았다. 아이는 오늘을 넘기지 못할 것 같다. 안락사를 고려해야 할 상황이었다.

그런데 방사선 검사에서 인식칩이 확인되었다. 그렇다. 예상한 대로 이 아이는 사람과 같이 살았던 집고양이였다. 사람에게 버림받았거나 혹은 스스로 사람을 떠났을 이 고양이는 갑자기 떠밀려온 야생에서 적응하지 못하고 죽어가고 있었다. 일단 수액 줄부터 달려고 하는데 아이가 경련을 시작하더니 내원한 지 두 시간이 채 지나기 전에 무지개다리를 건너고 말았다.

길고양이는 집고양이가 될 수 있다. 그러나 집고양이가 길고양이로 자리 잡는 건 굉장히 어려운 일이다. 그것은 사형선고와 다름없다. 사람의 손을 떠난 집고양이는 사냥을 배워본 적도 없을뿐더러 사냥을 하더라도 효율이 떨어져 야생에서 잘 적응하지 못한다. 그리고 집에서는 겪지 않아도 되는 여러 전염병이 아이들의 생명을 위협한다. 또 갑작스럽게 바뀐 환경에 엄청난 스트레스를 받아 여러 질병에 걸리기도 한다. 하비도 한때는 누군가에게 사랑받았던 고양이였을 것이다. 그러나 인간의 품을 떠난 이 집고양이는 결국 적응하지 못하고 세상을 떠났다.

집을 떠난 유기 동물들의 삶은 대부분 새드엔딩이다. 하비도 이 비극적인 결말을 피할 수 없었다. 아주 희박한 가능성이었지만 하비가 조금이라도 건강한 모습으로 왔더라면 분명 금방 새로운 보호자를 찾았을 것이다. 맑고 순수한 눈을 가지고 있던 이 아이는 자신을 버린 인간의 품으로 다시 돌아가고 싶지 않았나 보다.

동물과 환경을 위한 소식

　　　　　해외 출국을 위해 여권 사진을 찍어야 했다. 더위에 뻘뻘 흘린 땀을 겨우 닦고 억지웃음을 지으며 사진을 찍었다. 얼마 지나지 않아 사진을 고르는데 사진으로 본 내 모습은 너무나 충격적이었다. 일하느라 불규칙하게 과식을 한 탓에 마치 복어가 부푼 것처럼 살이 불어 있었다. 육식 위주의 식단, 마구 먹었던 짜고 기름지고 자극적인 야식들, 먹고 나서 바로 눕는 습관, 3개월을 끊어놓고 2주밖에 하지 않은 헬스 등등 여권을 만들면서 지난날의 나를 진지하게 되돌아봤다. 그 동안 살만 찐 게 아니라 속이 계속 더부룩하고 장염도 이어진 게 기억났다. 선택지가 없었다. 다이어트를 해야 했다.

밀가루를 포함한 과도한 탄수화물로 이루어진 식단부터 바꿨다. 그리고 3인분은 거뜬하게 먹었던 대식가의 길을 포기하고 1,600칼로리 미만으로 맞췄다. 운동은 땀을 흘릴 강도의 유산소를 한 시간씩 주 4회 이상 했다. 단것은 정말 현기증이 나지 않으면 먹지 않았다. 나는 2개월 동안 7킬로그램 이상 감량했다. 그러다가 문득 이런 생각이 들었다. 지금 하는 다이어트가 내 건강을 지키는 것 말고도 더 큰 의미가 있지 않을까.

돌이켜보면 내 식단은 동물에게 빚지고 있었다. 그렇게 많은 고기를 먹으면서 조금도 감사한 마음을 가지지 않았다. 동물의 생명을 아낀다고 하면서 말이다. 대학에 다닐 때는 수혼제(동물들의 넋을 기리는 제사)라도 했지 지금은 그런 의식조차도 없었다.

평소보다 먹는 양을 줄인다는 건 그만큼 동식물이 덜 희생당할 수 있다는 말이다. 그만큼 그들을 살릴 수 있다는 얘기다. 일본의 유명한 사상가이자 『소식주의자』(사이몬북스, 2022)를 쓴 미즈노 남보쿠水野 南北는 '소식을 하면 세상을 이롭게 한다.'고 했다. 내친 김에 비건이 되는 것도 생각해봤지만 나 같은 대식가가 급작스럽게 채소의 비중을 늘리면 오히려 그만큼 더 많은 식물들이 죽을 수 있다는 생각이 들었다. 그래서 우선 소식부터 하는 것이 가장 좋다고 판단했다. 그 기준은 미즈노 남보쿠가 제시한 복팔부腹八部, 즉 배를 80퍼센트만 채우는 것이었다. 나머지 20퍼센트는 물로 채웠다. 물론 물을 많이 마시는 바람에 화장실을 자주 가고 밤마다 배가 너무 고팠지만, 이것들을 모두 상쇄할 장점이 많았다.

먼저 불필요한 과식을 하지 않으니 잔병치레를 하지 않고, 그만큼 병원비도 적게 든다. 식사량을 줄인 만큼 식비도 아낄 수 있다. 무엇보다도 나에게 공급되는 동식물이 그만큼 줄어들고, 이들을 기르기 위해 땅을 더 개간할 필요도 없다.

물론 밥을 먹을 때마다 너무 적게 먹는 것 아니냐, 왜 밥을 남기냐 등 남들의 과도한 관심이 불편할 때도 있지만, 할 수만 있다면 평생 소식을 하며 살아보고 싶다. 단순히 내 건강만이 아니라 이 땅의 생명들을 위해. 소식으로 이 땅의 생명들에게 보답할 수 있다면 이것도 수의사가 할 수 있는 아닐까?

3부

내 삶을 비집고 들어온 동물들

성적 맞춰 들어간 게 잘못인가요?

"왜 수의사가 되셨나요?"

이런 질문을 받을 때마다 다른 선생님들처럼 숭고한 대답을 해야 하나 고민한다. 그 숭고한 대답이란 이런 것이다. "동물이 너무 좋아서요." "어렸을 때부터 동물을 키우다 보니 자연스럽게 수의사가 되고 싶었습니다." "의대에 가지 못했지만 생명을 돌보고 싶은 마음이 강해서 수의과대학에 들어갔습니다."

하지만 이런 사명감 넘치는 이유가 없는 나는 아주 무미건조하게 대답한다. "성적 맞추다 보니 수의과대학에 들어갔습니다." 그럼 질문을 한 사람은 대부분 실망한 기색이 역력해진다. 심지어 수의사로서의 내 자질을 의심하는 눈길을 보내기도 한다. 이렇듯 사람들은 이 직업에 사명감을 기대하는 경우가 많지만, 나는 거짓말을 하지 못한다. 어쩌다가 나는 수의사가 되었을까?

때는 고3, 엉덩이가 무거워서 시험을 잘 치를 것이라고 응원해준 주변 친구들과 선생님들의 기대에 완전 정반대로 부응하며 수능을 망쳤다. 이 정도로 못 볼 것이라고는 생각지 못했다. 내신은 이미 포기한 터라 4등급이었고, 3점 후반의 수능 등급만 가지고 어떻게든 대학에 가려고 하향 지원을 했으나 유례없는 경쟁률로 모두 떨어졌다. 결국 강제로 재수를 하게 되었다.

당시 학원 선생님에 의하면 재수에 성공할 확률은 4퍼센트였다. 나는 수능 만점을 목표로 삼았지만 너무 비현실적인 것을 잘 알고 있었고, 서울에 있는 대학에 가는 것을 최우선 목표로 공부했다.

그렇게 초라한 재수 생활이 시작되었다. 가장 밑바닥부터 다시 시작한다는 마음으로 천천히 개념부터 공부했다. 친구들과 나눈 말이 다 합쳐 백 마디가 되지 않았고, 그마저도 대부분 모르는 수학 문제를 물어볼 때 정도였다. 이렇게 해서 바로 성적이 올랐을까? 아니었다. 내 등급은 계속 3점 초반에 머물렀다. 당시 고3 현역들이 아직 실력을 갖추지 않은 3월 모의고사 때 반짝 성적이 잘 나왔을 뿐 6월과 9월 시험에서는 평소보다 더 못 나왔다. 연달아 모의고사를 망치면서 서울에 있는 학교에 가겠다는 목표를 이룰 수는 있을까 하는 의심만 들었다. 이때까지도 수의과대학은 선택지에 없었다.

그런데 대망의 수능이 끝나고 가채점을 한 결과, 지금까지 받아보지 못한 최고의 성적을 받았다. 골칫거리였던 언어 영역은 생각보다 어렵지 않았고 가장 힘들었던 수리 영역에서는 운 좋게 찍은 4점짜리 주관식과 객관식 문제를 모두 맞췄다. 외국어 영역은 틀린 것이 없는 것 같았고 과학탐구 영역도 무난했다. 하지만 역시 이때까지도 수의과대학은 내 선택지에 없었다.

내 인생에서 가장 중요한 선택으로 남아 있는 수의과대학과의 인연은 갑자기, 어쩌다, 우연하게 찾아왔다. 입시 상담을 냉철하게 해주시는 선생님께 서울 소재 공대에 들어가고 싶다고 했을 때였다. 선생님은 내 성적이 애매하다며 차라리 수의과대학이 어떻겠느냐고 권유하셨다. 수의사는 노력에 따라 어느 정도 여유로운 삶이 보장되어 있고, 또 지원할 학교가 지방에 있지만 가서 후회한 사람은 못 봤다는 말씀과 함께. 학교의 이름이나 위치를 고집한다면 어쩔 수 없지만 충분히 해볼 만한 선택이라고 하셨다. 당시만 해도 수의과대학은 높은 성적이 필요한 데 비해 인식이 좋지 않았지만, 결국 나는 진학을 선택했다.

그리고 입학하고 나서야 깨달았다. 내가 인생의 절반 이상을 동물과 같이 보냈다는 것, 어렸을 때부터 동물 인형만 좋아했다는 것을. 나는 이 학교가 내 인생에 찾아온 행운이라는 마음가짐으로 다녔고, 지금까지도 이 길을 선택한 것을 단 한 번도 후회하지 않는다.

똥오줌으로 범벅될 결심

요즘 많은 수의사들이 매체에 등장한다. 그런데 공통적으로 깔끔한 가운을 입고 인터뷰나 진료를 하는 모습이다. 그뿐만 아니다. 보호자가 진료실에서 만나는 수의사도 항상 깔끔한 가운을 입고 있는데, 현실은 진료실에서 처치실로 들어가는 순간부터 수의사는 조금씩 더러워지기 시작한다. 바로 아이들의 똥과 오줌 때문이다.

인간이 극도의 공포를 느끼면 똥오줌을 지리듯이 동물역시 마찬가지다. 아이들이 공포를 느끼는 이유는 주인이 아닌 낯선 인간에게 강제로 몸이 붙잡히면서 신변이 위험하다고 느끼기 때문인데, 특히 타인에게 예민할수록 이러한 경우가 더 자주 일어난다. 그래서 가끔 병원에 오는 고양이나 강아지 중에서 병원을 너무 무서워한 나머지 처치대에서 오줌과 똥을 싸는 경우가 종종 있다. 반대로 성격이 너무 좋아 사람들만 보면 흥분하는 친구들이 있는데, 이 친구들은 수의사를 봐도 좋아서 오줌을 지리는 경우가 있다. 문제는 이것이 처치대에서 끝나면 다행이지만 아이를 안고 있을 때도 이어진다는 것이다. 이럴 경우 흰 가운은 똥오줌으로 범벅이 된다. 이 모습을 본 보호자들은 미안해하지만 우리에게는 일상적인 일이다. 우리는 똥을 치울 때 장갑이나 휴지가 없으면 손으로 집을 정도로 크게 개의치 않는다.

한번은 태어난 지 1년이 안 된 비숑 프리제를 만난 적이 있었다. 성격이 좋고 사람을 너무 좋아해 가끔 오줌과 똥을 지리는 아이였다. 이 친구를 오랜만에 본 나는 반가운 나머지 계속 안고 다녔고, 진료 결과 특별한 병이 없어 퇴원시켰다. 몇 시간이 지났을까? 가운에 손을 넣었더니 찰흙처럼 물컹하고 뜨끈한 것이 만져졌다. 아이가 (선물처럼) 남기고 간 똥이었다. 그 외에도 무서운 나머지 내 손에 오줌을 지린 고양이부터 엑스레이를 찍을 땐 가만히 있다가 결국 내 옷에 오줌을 싼 대형견까지, 수의사는 아주 다양한 똥과 오줌을 경험한다.

그런데 수의사들은 처음엔 찝찝하더라도 오히려 아이들이 정상적으로 똥오줌을 쌌다는 사실에 감사해하는 경우가 많다. 스트레스를 과하게 받거나 질병을 가진 동물들이 변비나 배뇨 곤란인 경우가 많기 때문이다. 그나마 정상적으로 똥과 오줌을 쌌다는 것은 큰 병일 확률이 줄어든 것이라 안도한다. 이는 소동물뿐 아니라 대동물이나 산업동물 전문가 역시 마찬가지다. 이 분야의 선생님들은 동물의 똥을 동반자처럼 여긴다. 냄새만 맡아도 그들이 건강한지 아닌지 판단한다.

이렇듯 사람들은 수의사가 전문적이고 깔끔한 직업이라 여길지 모르겠지만 실제로는 똥과 오줌으로 범벅되는, 조금은 지저분한 직업이다. 만약 수의사를 꿈꾸는 사람이 있다면 동물의 배설물이 잔뜩 묻은 자신을 상상해보라. 그걸 참을 수 있어야 미래에 펼쳐질 수의사 생활이 덜 어려울 것이다.

수의사의 상처, 신체 편

수의사 하면 동물을 치료하고 이들과 교감하는 인도적인 모습을 떠올린다. 조금 더 세속적으로 들어가자면 전문직 타이틀에 아쉽지 않은 수입, 평생 일할 수 있다는 점이 있다. 또 동물병원뿐 아니라 수의직 공무원, 제약·사료 회사 등 진로를 폭넓게 선택할 수 있는 점도 큰 장점이다. 하지만 많은 사람들이 수의사에 대해 환상이나 기대를 가지지만 수의사는 생각한 것보다 위험한 직업이다.

사람은 동물을 귀여워하며 다가가지만, 동물에게는 덩치 큰 포식자가 접근하는 것과 같은 공포다. 이들에게도 발톱과 이빨 같은 무시 못 할 무기가 있지만 체중이 수십 배나 차이

나는 거대한 생명체가 마음먹고 달려들면 질 것은 너무 뻔하다. 그나마 보호자는 자신에게 위해를 가하지 않고 항상 챙겨주기 때문에 편하게 지낼 수 있다. 그러나 생판 처음 보는 저 인간이 접근하여 자신의 몸을 만지고 못 움직이게 한다면? 굉장한 공포를 느낄 것이다. 우리가 한 4미터쯤 되는 거대한 생명체에게 붙잡혀 움직이지 못하는 걸 상상해보라.

　나의 경우 대개 방심해서 많이 다치는데, 특히 새끼 고양이한테 자잘한 상처들을 입는다. 이렇게 작은데 얼마나 다치겠냐 싶어 마음 놓고 만지다가 다치는 것이다. 보호자의 품에서 지낸 새끼 고양이들은 대부분 활력이 넘치고 호기심이 많아 이것저것 깨문다. 이때 유치가 뾰족하거나 발톱 정리가 되어 있지 않아 생각보다 쉽게 다친다. 성체 고양이라면 담요로 잘 싸서 보정하겠지만 새끼 고양이는 너무 작아서 감쌀 수도 없다.

　사실 이런 상처를 입어도 우리는 똥오줌을 만질 때처럼 크게 개의치 않는다. 찰과상은 수의사에게 흔한 일인 데다 소독할 약도 충분해 2차 감염이 거의 생기지 않기 때문이다. (물론 이런 상처가 계속 쌓이게 되면 언젠가는 감염될 수 있으니 주의해야 한다.) 더 아픈 것은 상처로 인한 통증이 아니라 이를 본 주변 사람들의 못 미더운 시선이다. 동물을 잘 다루지 못하는, 보정도 제대로 하지 못하는 수의사로 볼 때면 굉장히 억울하다. 내가 수의사인 걸 모르는 사람은 자해한 상처가 아닌지 걱정하기도 했다.

수의사의 상처, 마음 편

동물과 가족처럼 지내는 '펫팸족'이 늘어나고 있다. 그러나 안타깝게도 동물과 사람의 수명 차이는 60년 이상이다. 사람의 수명이 평균 80세라면 동물은 20세가 되지 않는다. 우리보다 먼저 떠나는 걸 겪어야 한다. 2차급 동물병원에서 일하는 동안 보고 싶지 않아도 아이들의 죽음을 눈앞에서 많이 마주쳤다. 1차 병원에서 처치할 수 없는 상태의 아이들이 왔는데, 문제는 그만큼 아이들의 질병이 매우 위중하여 최선을 다하더라도 예후가 좋지 않았다. 겉으론 멀쩡해 보였지만 정밀 검사 결과 상태가 아주 좋지 못할 때도 많았다. 이런 경우 보호자가 마음의 준비를 전혀 하지 못했는데 아이가 갑자기 떠나버리는 일이 생긴다. 아이가 죽기 전 보통 발작과 같은 증상을 보이는데 이때 모든 수의사가 달려들어 심폐소생술을 한다. 그러나 동물은 사람과 달리 심폐소생술로 생존할 확률이 10퍼센트 미만인 데다, 살아나더라도 예전처럼 건강하게 돌아올 확률은 더 희박하다. 심폐소생술을 진행할 때 보호자를 부르기도 하는데, 그 장면을 마주한 보호자들은 억장이 무너지는 것을 경험한다. 그리고 눈물을 흘린다. 그것을 지켜보는 나는 침착하게 대응하려고 애쓰지만 억장이 무너지는 것은 매한가지다. 옆에 있는 선생님들 역시 마찬가지다. 한 선생님은 마음을 추스르며 이렇게 말한다.

"아이의 생명이 꺼질 때 마지막까지 살아 있는 감각은 청각입니다. 마지막으로 전하고 싶은 이야기가 있으면 지금 해주세요."

그럼 보호자들은 미처 하지 못했던 말이나 지금껏 잘해주지 못한 것에 대한 미안함을 이야기한다.

"늦게 들어와서 미안해."

"지금까지 아픈 거 모르고 지내서 미안해."

이 말을 들으면 아무리 연차가 쌓인 수의사여도 슬픔을 가누기 어렵다. 시니어 선생님들은 이런 죽음을 숱하게 경험

했음에도 아직도 잘 적응이 되지 않는다고 한다. 하지만 다른 중증의 아이들을 돌보기 위해 다시 마음을 추스르고 아무 일 없었다는 듯 진료와 처치에 들어가야 한다. 아직 연차가 높지 않은 나는 이러한 상황이 잘 적응되지 않는다. 특히 내가 돌보던 아이의 죽음을 마주한 날이면 꺼져가는 아이의 눈빛과 그걸 바라보는 보호자를 다시 생각해본다. 최선을 다했다고 자신하면서도 하루, 아니 한 시간이라도 더 살게 하지 못했다는 자책이 결국 상처로 남는다. 물론 그만큼 내 마음은 단련되어졌지만.

우리는 동물들이 너무 일찍 무지개다리를 건너지 않도록 최전선에서 노력하지만, 수의학의 힘으로도 이를 막지 못하고 지켜볼 수밖에 없는 경우가 많다. 이때 생기는 마음의 상처는 몸에 새겨지는 상처보다 아프다. 하지만, 이것이 수의사의 일상이다.

내가 동물을 키우지 않는 이유

        나는 20년 가까이 여러 동물과 함께 자랐다. 아주 어렸을 때 외할머니댁에서 지내던 내 곁에는 아키타견이 있었다. 기억에는 없지만 부모님 말씀에 따르면 내가 아키타견을 쫓아내고 그 친구의 집에 들어가 숨은 적도 있다고 했다. 그 친구는 자신을 쫓아낸 어린아이에게 어떠한 해코지도 하지 않을 정도로 순했다고 한다. 경북 경산에서 살던 초등학교 시절에는 토끼와 사슴벌레 등을 키웠고, 대구로 이사를 한 중고등학교 시절에는 금붕어, 버들치, 가재 등을 어항에서 기르기도 했다. 그리고 외할머니댁 텃밭에서 상추를 쪼아 먹던 잉꼬 한 마리를 우리 집으로 데려와서는 8년 정도를 함께했다. 또 다른 잉꼬 한 마리는 아파트 단지의 화단에서 데려왔다.

대학에 다닐 때에는 시바견을 키워보고 싶었다. 이유는 간단했다. 미래의 보호자의 마음을 헤아리기 위해서다. 그리고 그에 대한 사전 연습으로 앞서 언급했듯 군 생활을 할 때 길고양이들을 잠시 돌보기도 했다. 훗날 병원을 개원하면 유기된 동물을 키우기로 결심하고 구체적인 시기와 목표까지 그렸다. 그러나 본격적으로 임상에서 일하기 시작하면서 반려동물을 키우고 싶은 생각이 전부 사라졌다. 왜일까?

대부분의 사람들이 반려동물을 키우지 않는 이유로 비용과 털 알레르기를 꼽는다. 사실 나는 이 부분에서 크게 문제될 것은 없다. 비용은 추후 차릴 병원에서 일부 커버를 하면 되고, 털 알레르기도 가지고 있지 않았기 때문이다.

내가 동물을 키우고 싶지 않은 진짜 이유는 바로 죽음 때문이다. 여든 살이 넘어서 반려동물을 들이지 않는 이상 이 죽음을 내가 먼저 마주해야 한다. 큰 병원에서 일하는 동안 일주일에 두어 번 이상 이런 죽음을 겪어왔다. 당장 그날을 넘길 가능성이 희박한 아이들이 대부분이었고, 해줄 수 있는 거라고는 보호자에게 이 사실을 전달하고 위로하는 것밖에는 없었다. 보호자의 반려동물이 죽어가는 걸 옆에서 지켜보는 것도 이러한데, 내가 10년에서 20여 년간 키운 아이가 죽는다고 생각하니 마음이 찢어질 것 같았다. 그나마 그 시간을 건강하게 살다가 가는 경우라면 추스르기라도 하지만, 문제는 어린 나이에 허망하게 떠나는 경우다.

한번은 밤에 호흡 곤란으로 내원한 3개월령 이하의 푸들이 있었다. 엑스레이 검사 결과 낙상으로 인한 폐출혈이 의심되었는데, 정황상 보호자의 품에서 떨어진 것으로 보였다. 폐출혈은 폐에서 피가 나오는 속도가 몸에서 피를 흡수하는 속도보다 더 빨라 폐에 피가 차고 숨을 쉬지 못해 사망에 이른다. 별일 없겠지 하고 가볍게 온 보호자에게 소생 가능성이 매우 희박하다는 사실을 알려야 했다. 우선 출혈을 막기 위해 산소 공급과 주사 처치를 했지만 아이는 결국 버티지 못하고 떠났다. 어떻게든 살려서 10년 넘게 보호자와 행복하게 살게 해주고 싶었는데, 고작 하루도 버티지 못한 것이다. 그 외에도 사료를 먹다가 목에 걸려 사망한 아이도 있었고 주인에게 버려져 며칠 동안 굶어 사망하는 경우도 봤다.

반려동물은 우리 생각보다 훨씬 연약한 존재다. 언제 어떤 상황에서 허무하게 무지개다리를 건널지 모른다. 이 죽음들을 보면서, 내가 아무리 수의사라고 해도 내 반려동물이 이렇게 허무하게 떠날지 모른다는 생각에 결국 내 손으로 동물을 키우는 것을 포기했다. 주변 사람들에게도 선뜻 동물을 키우라고 권하지 않는다.

　다만 이 사실 하나는 분명하다. 반려동물의 죽음으로 인한 슬픔보다 함께할 때의 행복감이 훨씬 크다는 것을. 나는 동물을 키우는 대신 나만의 방식대로 많은 동물에게 사랑을 주며 살아갈 것이다.

희미하고 희미한 워라밸

"명절인데 선생님은 어디 안 가시나요?"

추석과 설에 진료를 볼 때 보호자에게 가끔 듣는 말이다. 이럴 때일수록 병원에 아이들이 많이 오기 때문에 열심히 일해야 한다고 답하면 그 보호자는 나를 매우 안쓰러운 눈빛으로 쳐다본다. 하지만 이것이 현실이다.

수의사들은 남들이 쉬는 날에 일해야 한다. 봉직의든 개원의든 마찬가지다. 개원한 원장님들을 보면 하루도 쉬지 않고 일주일 내내 일하는 경우도 종종 있다. 다른 자영업이나 휴양과 관련된 서비스직처럼 동물병원도 휴일에 방문하는 사람이 압도적으로 많기 때문이다.

강아지나 고양이를 데리고 나오는 건 여간 쉬운 일이 아니다. 그나마 강아지는 스스로 걸어오기라도 하지만 고양이는 반드시 이동장이 필요하다. 게다가 차로 움직여야 하는 거리에 있는 병원에 가야 할 경우 아이가 일정 시간 차에 갇혀 있어야 한다. 차에 타는 것 자체가 낯설기 때문에 굉장히 예민해질뿐더러 멀미도 생길 수 있다. 그래서 보호자는 아이의 상태가 위급하지 않은 이상 지켜보다가 쉬는 주말에 건강 검진을 할 겸 방문하는 경우가 대부분이다. 이에 맞춰 동물병원도 연중무휴 진료로 진화했다.

쉬는 날이 되더라도 온전히 쉬지 못할 때가 있다. 담당 환자가 응급 상황인 경우다. 이럴 땐 부주치의 선생님의 연락을 받으며 오더를 내리느라 휴대폰을 놓을 수 없다. 만약 너무 상황이 급박하다면 출근하는 것이 마음이 편하다. 산업동물을 진료하는 선생님들의 경우 새벽에 난산이나 수술로 전화가 오는 경우도 많다고 한다. 그 밖에도 보호자가 병원으로 문의해올 때 그에 대한 답변도 해야 한다. 이렇듯 수의사는 일과 휴식의 경계가 희미한 직업 중 하나다. 만약 '워라밸'이 보장되는 직업을 찾는다면 수의사는 후보에서 빼는 것이 좋다.

에필로그

내가 대학교에 다니던 2010년대 초반만 하더라도 반려동물 시장의 규모는 6천여 억 원이었다. 2023년 현재 시장 규모는 이보다 열 배 증가한 6조여 원이다. 대학 입시에서 수의과대학 합격 커트라인도 매우 높아졌다. 또 내가 학부생일 때만 해도 수의사에 대해 궁금해하는 사람이 별로 없었는데, 지금은 주변에서 수의사가 어떤 직업인지 많이들 물어본다.

나는 다른 길을 선택하기에는 수의학 말고는 배운 것이 없다. 다른 것에도 큰 재능이 없다. 주식이니 코인이니 다 공부해보고 실전에 임해봤지만 결국 파란색에 마이너스였다.

개발자는 어떨까 싶어 파이썬 같은 강의도 들어봤지만 두 시간 만에 포기했다. 돌고 돌아 나에게 가장 어울리는 것은 수의학이었고, 내가 가장 자신 있는 것도 동물을 살피고 이들과 관련된 콘텐츠를 만드는 것이었다. 주변 사람들도 내가 동물과 함께하는 걸 가장 좋아해주었다. 그런데 내가 계속 이 일을 하게 만드는 원동력은 하나 더 있다.

바로 이들이 순수하기 때문이다. 인간은 순수하기 힘들다. 내가 상대에게 잘해주더라도 그 사람은 언제든 나를 떠나거나 배신할 수 있다. 하지만 동물은 자신을 진심으로 아껴주는 상대에게 무조건적인 사랑을 베푼다. (물론 이 사회에도 배신이 없진 않겠지만.) 무엇보다 이들은 편견이 없다. 우리의 외모가 어떤지 우리에게 어떤 결함이 있는지 전혀 문제 삼지 않는다. 그저 자신을 아껴주는 우리를 좋아해줄 뿐이다.

아이들은 대부분 나를 좋아하지 않는다. 그럼 나는 아이들과 친해지기 위해 간식을 주거나 쓰다듬는 등 온갖 술수를 쓴다. 이 과정에서 교감에 성공했을 때, 아이가 나를 신뢰하게 되었을 때 느끼는 행복감과 성취감은 정말 짜릿하다.

수의사가 되지 않았다면 아마 나는 사육사나 최재천 교수님 같은 동물학자 혹은 환경생태학자가 되지 않았을까 싶다.

일이 힘들면 일을 줄이거나 과감하게 쉬면 되고, 스트레스를 받으면 다른 취미를 통해 해소하면 된다. 하지만 체력적으로 힘들고 마음이 아프다고 이 일을 포기한다면 동물들과 함께 하는 행복을 느끼지 못해 후회할 것 같다. 만약 내가 다른 일을 하게 되더라도 그게 동물의 곁을 떠나는 일은 아닐 것이다.

참고문헌

1부. 귀여움을 뚫고 나온 동물들

몸은 크지만 마음은 언제까지나 작은 존재를 향해, 펭수

1 · "Trending science: The giant prehistoric penguin", *EU CORDIS*, 2014.

2 · Knut Schmidt-Nielsen, "The Salt-Secreting Gland of Marine Birds", *Circulation*, vol.21, 1960.

3 · Kimberly T. Goetz · Birgitte I. McDonald · Gerald L. Kooyman, "Habitat preference and dive behavior of non-breeding emperor penguins in the eastern Ross Sea, Antarctica", *Marine Ecology Progress Series*, Vol.593, 2018.

하이브리드종 부엉이의 탄생, 빙철

4 · Campbell Wayne, "Know Your Owls", CD-ROM(Axia Wildlife:1994).

5 · Gordon L. Walls, "The vertebrate eye and its adaptive radiation", *Cranbrook institute of science, Bulletin*, no.19, 1942.

6 · Joe Smith, "The Amazing Lemming: The Rodent Behind the Snowy Owl Invasion?", *The Nature Conservancy*, 2014.

부드러운 카리스마가 동물로 태어난다면, 낄희

7 · Ronald K. Siegel · Mark Brodie, "Alcohol self-administration by elephants", *Bulletin of the Psychonomic Society*, 1983.

8 · Matthew A. Carrigan et al., "Hominids adapted to metabolize ethanol long before human-directed fermentation", *Proceedings of the National Academy of Sciences*, 2014.

9 · Joshua M. Plotnik et al., "Elephants have a nose for quantity", *Proceedings of the National Academy of Sciences*, 2019.

10 · Teresa Milne, "Do Elephants Have Good Eyesight? Even Though Eyes Are Small!", *Animal Ways*, 2021.

11 · Shozo Yokoyama et al., "Elephants and Human Color-Blind Deuteranopes Have Identical Sets of Visual Pigments", *Genetics*, Vol. 170, 2005.

오리 아니고 오리너구리, 오구

12 · Gonzalo R. Ordoñez et al., "Loss of genes implicated in gastric function during platypus evolution", *Genome Biology*, 2008.

주인공보다 더 각인된 고양이, 김애용

13 · Cristina Cortinovis · Francesca Caloni, "Household Food Items Toxic to Dogs and Cats", *Frontiers in Veterinary Science*, vol.3, 2016.

전 세계에서 가장 유명한 곰, 푸

14 · "The Pacific Coast of BC is Home to World's only White Coloured Black Bears", *Spirit Bear Lodge*, 2011.

참고문헌

15 · Philip W. Hedrick · Kermit Ritland, "Population Genetics of the White-Phased spirit Black Bear of British Columbia", *Evolution*, Vol.66, 2012.

16 · Kermit Ritland · Craig Newton · H. Dawn Marshall, "Inheritance and population structure of the white-phased Kermode black bear", *Current Biology*, Vol.11, 2001.

17 · Volker B. Deecke, "Tool-use in the brown bear (Ursus arctos)", *Animal Cognition*, 2012.

18 · JG-Park Ranger, "Bear Series, Part One: A Bear's Sense of Smell", *National Park Service*, 2021.

19 · Peihua Jiang et al., "Major taste loss in carnivorous mammals", *Proceedings of the National Academy of Sciences USA*, 2012.

루돌프 순록코는 매우 반짝이는 코

20 · Can Ince, professor et al., "Why Rudolph's nose is red: observational study", *The BMJ*, 2012.

21 · 염재윤, "[크리스마스에는 과학을④] 루돌프 사슴? 순록? 루돌프의 오해와 진실", 동아사이언스, 2015.